Conny Amreich
Belle

Conny Amreich, 1986 in Wien geboren, studierte Bühnen- und Kostümbild an der Universität für angewandte Kunst in Wien und hospitierte an verschiedenen Wiener Theatern. Eine Liebesbeziehung entführte sie 2008 nach London, wo sie am Theater und beim Film als Kostümassistentin arbeitet. Ein Arbeitsaufenthalt am Film-Set während der Dreharbeiten zur Kult-Serie ›Downton Abbey‹ inspirierte Conny Amreich zu ihrem ersten Roman ›Weil es nicht sein darf‹.

Conny Amreich

Belle

Der Fluch von Balmoral Castle

Roman

dtv

Ausführliche Informationen über
unsere Autoren und Bücher
www.dtvjunior.de

Von Conny Amreich ist bei dtv junior außerdem lieferbar:
Weil es nicht sein darf

MIX
Papier aus verantwortungsvollen Quellen
FSC® C019821

Originalausgabe
2015 dtv Verlagsgesellschaft mbH & Co. KG, München

Umschlagkonzept: Balk & Brumshagen
Umschlaggestaltung: www.vor-zeichen.de, Marion Sauer unter Verwendung
von Fotos von mauritius images, plainpicture und Getty images
Gesetzt aus der Goudy Old Style 11/14˙
Satz: Fotosatz Amann, Memmingen
Druck und Bindung: Druckerei C.H.Beck, Nördlingen
Gedruckt auf säurefreiem, chlorfrei gebleichtem Papier
Printed in Germany · ISBN 978-3-423-71658-1

1

Lakhnau, Indien, 1857

»Ich werde dich bei lebendigem Leib in eine Rinderhaut einnähen lassen.« Arthur, der junge Duke of Cumberwall, zog den Säbel.

»Ich werde dich zerteilen und dein Fleisch den Hunden zum Fraß vorwerfen lassen«, antwortete Tantya, der Raja von Kanpur.

Arthur hatte die britische Reiterei mit 900 Mann bis vor die Tore von Lakhnau geführt. Dort standen ihm 4000 kampfeswillige Inder gegenüber. Ihr Anführer Tantya befehligte die Schlacht von seinem Kampfelefanten aus. Gewaltig und Furcht einflößend ragte er auf dem Dickhäuter über seinem Heer auf. Tantya bat Shiva, den Gott der Zerstörung, um Beistand, danach befahl er den Angriff.

Die »Gluthölle von Lakhnau« nannten die Engländer diesen Ort. Die Sonne sendete ihren wütenden Brand von Sonnenaufgang bis zum Abend über die Ebene. Kein Baum spendete Schatten, selbst die Felsen waren in der sengenden Hitze zersprungen. Über Schotter und Geröll musste Arthurs Armee ihren Weg zur Schlacht nehmen. Oft waren die Männer abgestiegen und hatten die Tiere am Zügel geführt, da an

Reiten in dem unwegsamen Gelände nicht zu denken war. Durch die übermenschliche Anstrengung, durch Hitzschlag und Entkräftung waren bereits hundert Soldaten auf dem Marsch gestorben.

Die Aufständischen unter der Führung Tantyas verfügten zahlenmäßig über das größere Heer, außerdem verlieh der Hass gegen die Briten den gläubigen Hindus wütende Kampfeskraft. Den Engländern kam ihre sprichwörtliche Gelassenheit und modernste Bewaffnung zugute.

Mit dem ersten Kanonenschuss brach die Schlacht in aller Grausamkeit los. Die Mörser der Engländer schlugen Breschen in die Mauern der Festung. Eine Kanonenkugel zerfetzte den Leib eines Elefantenbullen. Sich im Todeskampf aufbäumend, begrub das Tier seinen Reiter unter sich. Sein Geschrei und das Geheul des Elefanten begleiteten die Gewehrsalven, die die Hindus zu den Engländern zurücksandten. Die Inder kämpften mit veralteten Musketen, während die Briten ihre Regimenter bereits mit dem neu entwickelten Enfield-Gewehr ausgerüstet hatten.

Unter dem Schutz des Kanonenfeuers rückte Arthurs Infanterie vor. Es kam zum Zusammenprall beider Heere, zum Kampf Mann gegen Mann. Britische Bajonette bohrten sich in die Leiber der Hindus, deren kunstvoll geschmiedete Säbel den Engländern tödliche Wunden zufügten. Wie Insekten schwirrten die Kugeln umher, trafen und fällten Männer, Perlen aus Blut erfüllten die Luft. Das Blut färbte den Boden und die Uniformen rot, es breitete sich wie ein tödliches Gewand vor der Festung Lakhnau aus. Viele, die dort fochten und schossen, die sich angstvoll duckten und zu Boden warfen, fanden auf diesem Schlachtfeld ihr Ende.

Arthur, Duke of Cumberwall, wurde von einem Gegner gewaltsam aus dem Sattel geworfen, um ihn herum Beine, Stiefel, Blut, Sand und das Gebrüll der Männer, die vor Anstrengung, Schmerz und Angst schrien.

Arthur kam wieder hoch. Geduckt lief er zwischen den Kämpfenden hindurch, sah einen britischen Captain, der von zwei Gegnern bedrängt wurde, schickte eine Kugel in den Leib des einen Feindes, ein Hieb mit dem Säbelknauf machte den anderen kampfunfähig. Arthur befahl dem Captain, ihm zu folgen, zu zweit näherten sie sich dem Zentrum der Schlacht, wo Tantyas Elefant über allem emporragte. Von der Höhe seines Kampfstandes schoss der Herrscher nach allen Seiten. Junge Männer luden seine Gewehre nach und reichten sie ihm.

Mit einem festen Seil bewaffnet, arbeiteten sich Arthur und der Captain in die Nähe des Elefanten vor. Ein Gewehr in der einen, eine Pistole in der anderen Hand, begann der Captain auf Tantyas Kampfstand zu schießen. Die Männer auf dem Elefanten erwiderten das Feuer, der Captain suchte Deckung hinter einem gefallenen Pferd. Arthur nutzte den Moment der Ablenkung, um sich seitlich an den Elefanten heranzuschleichen. Mit dem Seil umschlang er dessen Vorderbeine, die Stacheln verhakten sich in der Haut des Dickhäuters. Als der Elefant den nächsten Schritt tun wollte, verfing er sich in der Fessel, strauchelte und schwankte hin und her, bis er mit einem dröhnenden Schrei in die Knie sank. Arthur sprang über die Vorderbeine des Tieres zu Tantya empor, ein feindlicher Soldat schoss auf ihn, doch er kletterte unverletzt weiter. Im nächsten Augenblick stand er auf schwankender Höhe Tantya Aug in Aug gegenüber. Arthurs

Säbel flog aus der Scheide, Tantya zog sein Schwert. Von dem schmerzgepeinigten Elefanten hin und her geworfen, kämpften die Anführer miteinander. Hell waren ihre Schläge selbst im Gedonner der Kanonen zu hören. Mit einem mächtigen Streich versetzte Arthur dem Herrscher von Kanpur eine klaffende Wunde. Tantya schrie nicht, er starrte auf die Stelle, aus der sein Blut quoll, dann stürzte er vom Rücken des Elefanten in die Tiefe.

* * *

Die Briten hatten während des indischen Aufstandes durch ihre Feinde unbeschreibliche Grausamkeiten hinnehmen müssen. Deshalb entschloss sich Arthur zu einer Racheaktion. Zunächst ließ er 20 Rinder schlachten und ihnen die Haut abziehen. Die Kuh galt den Hindus als heiliges Tier; ihr etwas zuleide zu tun, war ein Akt besonderer Verachtung. Damit nicht genug: Die gefesselten Offiziere Tantyas ließ er in die blutigen Kuhhäute einnähen und sie in die sengende Sonne legen, wo sie verschmachten sollten. Mit Tantya, der noch lebte, hatte Arthur etwas Besonderes vor. Eingenäht in das Leder, wurde der Anführer vor die größte englische Kanone gebunden. Bevor der Kanonier Feuer an die Lunte legte, trat Arthur vor seinen Feind. Nur der Kopf Tantyas ragte aus der Tierhaut hervor.

»Du kannst mich töten, Engländer«, keuchte er. »Das ist dein Recht als Sieger. Aber nimm mir nicht meine Würde.«

Aufrecht stand Arthur in der glühenden Sonne. »Wo war eure Würde, als ihr während der Revolution englische Frauen vergewaltigt und englische Kinder getötet habt?«

»Da du Rache an mir nehmen willst, gewähre mir wenigstens einen Wunsch«, erwiderte Tantya. »Wenn ich gestorben bin, lass meine Leiche verbrennen. So verlangt es meine Religion.«

»Verbrennen? Nein, du sollst verscharrt werden, Tantya, zusammen mit deinen Männern«, antwortete Arthur unversöhnlich. »Niemand soll euer Grab kennen, niemand soll sich in Zukunft an eure Namen erinnern. Vergessen sollt ihr sein, auf ewig.«

»Und ich prophezeie dir, stolzer Brite, dass der Raja von Kanpur niemals vergessen sein wird. Auch du selbst sollst an mich denken, dein ganzes Leben lang. Für deine Unmenschlichkeit verfluche ich dich, Arthur of Cumberwall. Von heute an soll deine Grausamkeit nicht nur in deinem Herzen herrschen, sie muss ans Licht, damit dich die Menschen als das Monster ansehen, das du in Wahrheit bist.«

»Deinen Fluch fürchte ich nicht«, erwiderte Arthur voll Verachtung.

»Weil du ihn noch nicht kennst. Bald wird sich dein Leben verfinstern – auf ewig, auf ewig, auf ewig.« Die letzten Wort sprach Tantya mit zum Himmel erhobenen Augen.

Arthur setzte dem Geschwätz des Feindes ein Ende, indem er dem Kanonier ein Zeichen gab. Der berührte die Lunte mit dem Kienspan, die rasende Glut erreichte das Schwarzpulver und katapultierte die Kanonenkugel aus ihrem Lauf. Der Körper des Raja von Kanpur wurde in Stücke gerissen, sein Dolch aber, eine kunstfertige Schmiedearbeit, landete vor den Füßen Arthurs. Er hob den Dolch des Gegners auf und steckte ihn als Trophäe für seine Mutter, die Queen, ein.

Noch am selben Tag verließ der Duke of Cumberwall mit

seinem Heer das Schlachtfeld, um zum nächsten Kriegsschauplatz weiterzureiten. Doch bereits am nächsten Morgen nahm Arthur eine seltsame Veränderung an sich wahr. Er hielt es zunächst für Täuschung, aber als er in den Spiegel sah, war kein Zweifel mehr möglich. Der Edelmann verwandelte sich auf geheimnisvolle, abstoßende Weise. Und es gab nichts, was er dagegen tun konnte.

2

Aberdeen, Schottland, 1877

»Die Königin!«

»Was?«, ruft Belle aus ihrem Turm.

»Die Königin, unsere über alles geliebte Queen, braucht meine Hilfe.«

Belle steckt den Kopf aus der Tür. »Hilfe von dir, Daddy?«

»Ich weiß auch nichts Genaues.« Doktor Charles McBean, seines Zeichens Tierarzt von Aberdeen, läuft in dem ebenerdigen Raum umher, den er seine Praxis nennt. Spritzen mit dicken Hohlnadeln, Hufmesser, Schlundsonden und Kastrationszangen, alles liegt unaufgeräumt herum. In den Käfigen kläffen die Hunde, Papageien schreien, es grunzt ein frisch operiertes Schwein. Doch statt sich um das Durcheinander zu kümmern, läuft McBean vom Bücherregal zum Behandlungstisch, vom Instrumentenschrank zum Bunsenbrenner und sucht eine einzige Sache: seine Flasche. Heute braucht er seinen Seelentröster und Nervenberuhiger besonders dringend – McBean sucht nach dem Gin.

Wer den Doktor mag, behauptet, dass er sich mitunter einen Schnaps genehmigt, wer ihn verachtet, sagt: *Unser Doktor säuft.* Jetzt ist McBean so aufgeregt, dass sein Herz klopft und seine Hände zittern, wenn er an den Auftrag denkt, der ihn ereilt hat. Er, der unbedeutende Wald-und-Wiesen-Tierarzt, soll nach Schloss Balmoral kommen, auf den Landsitz ihrer allerhöchsten Majestät, Queen Victoria, jener unvergleichlichen Monarchin, die das Britische Empire seit fast vierzig Jahren regiert und von der sich alle wünschen, sie würde ihren Job bis in alle Ewigkeit weitermachen.

Nie ist es Großbritannien besser gegangen als unter Victorias Regentschaft, nie hat das britische Weltreich eine größere Ausdehnung besessen. Es umfasst Kanada und den ganzen Norden des amerikanischen Kontinents, Australien und Neuseeland gehören dazu, Indien und Burma, Afghanistan, Ägypten, der Sudan, Südafrika, ein Großteil der Antarktis und viele kleinere Länder. Über Kontinente und Provinzen, über Fürsten und Millionen von Untertanen regiert die alte weise Frau, die alle mit ihrer Güte und unverbrüchlichen Liebe beschenkt. Daran denkt McBean, während er seinen Schnaps sucht. Und ausgerechnet er soll auf das Schloss dieser einzigartigen Frau fahren und ihrem Lieblingspferd das Leben retten?

»Dummerweise ist der königliche Tierarzt nach London gereist«, ruft der Doc nach oben. »Kein Veterinär ist sonst in der Nähe, keiner außer mir.«

Belle klappt ihre Bücher zu, schlüpft in die Schuhe und läuft aus dem Zimmer. Während sie lernt, verlässt sie ihren Turm nur ungern. Die Leute in Aberdeen machen sich schon lustig darüber, dass ein sechzehnjähriges Mädchen sich in Büchern vergräbt, weil sie das Handwerk des Tierarztes erlernen will. Belle McBean ist eben anders, sie war schon immer anders. Vielleicht weil ihre Mutter so früh gestorben ist, vielleicht weil sich ihr Vater aus Trauer über den Tod seiner Frau in einen kränkelnden, launenhaften Mann verwandelt hat, vielleicht auch, weil Belle sich in einer Handelsstadt wie Aberdeen nicht wirklich wohlfühlt. Alles ist hier auf Profit ausgerichtet, alles wird nur nach seinem Geldwert bemessen, Güter, Ländereien und sogar Menschen. Die Hafenstadt im Nordosten Schottlands ist Umschlagplatz für Zucker aus Kuba, Gewürze aus dem Orient und feine Stoffe aus Südostasien. Schafe aus Australien werden hier ebenso ausgeladen wie Rinder aus Spanien und Federvieh aus Deutschland. Mit dem Vieh kommen auch Krankheiten und Seuchen. Belle will lernen, wie man sie behandelt und heilt. Die Medizin macht heutzutage ungeheure Fortschritte. Es ist eine moderne Zeit, immerhin schreiben sie schon das Jahr 1877.

Das Haus der McBeans hat eine Besonderheit: Ein Türmchen thront auf dem Dach. Seit Belle denken kann, war der alte Turm ihr Zimmer. Hier hat ihre Mutter sie zu Bett gebracht und Schlaflieder für sie gesungen, von hier oben hört sie die Tiere schnauben und knurren, von hier kann Belle weit über Aberdeen schauen, bis zum Meer.

»Ich komme.« Mit klappernden Sohlen rennt Belle die Stufen hinunter. »Hast du alles eingepackt?«

Bis auf seinen Seelentröster hat McBean noch gar nichts gepackt.

»Lass mich das machen.« Mit sicherem Griff nimmt Belle die Arzneimittel, das Untersuchungsbesteck und legt alles in die Ledertasche. »Was fehlt dem Wallach der Königin?«

»Er verweigert seit Tagen die Nahrung. Angeblich säuft er auch nicht mehr.«

»Was verfüttern die auf Balmoral?«

»Keine Ahnung.«

»Es könnte eine Verstopfung der Drosselrinne sein.« Belle nimmt ihr Schaltuch vom Haken.

»Begleitest du mich etwa zur Queen?« Der Doktor kann sich immer noch nicht daran gewöhnen, dass seine kleine Belle Tierärztin werden will. Einen weiblichen Arzt in Schottland, das gab es noch nie.

»Soll ich lieber hierbleiben?«, fragt sie. »Möchtest du es allein machen?«

»Nein, nein«, antwortet er hastig. McBean weiß die Fähigkeiten seiner Tochter sehr wohl zu schätzen. »Vielleicht brauche ich deine Hilfe.«

Draußen steht der Wagen schon angespannt. Bevor Belle einsteigt, schaut sie zum Himmel. Schon wieder einer dieser grässlichen nebelverhangenen Tage! Dabei ist doch schon April. Belle will endlich wieder einmal die Sonne sehen.

* * *

»Holla, nicht so ungestüm, junge Dame.«

Der Reiter trägt einen Anzug aus schwarzem Tuch. Auch sein Pferd ist pechschwarz und sogar der Stock, den er gern bei sich trägt. Doch der Kopf dieses Mannes ist so hell und schimmernd, so golden sein Haar, dass es niemanden in Aberdeen gibt, der sich bei seinem Anblick nicht umdreht. Algernon Traddles, der Staatsanwalt, besitzt Charme und Lebensart und unglaublich blondes Haar. Er zügelt seinen Rappen dicht vor dem Einspänner. Als Snooky, der dürre Klepper der McBeans, das Furcht einflößende Ross vor sich auftauchen sieht, steigt er auf die Hinterbeine. Belle hat alle Mühe, ihn wieder in den Griff zu kriegen.

»Bist du verrückt?«, ruft sie dem jungen Reiter zu.

Niemand sonst würde sich erlauben, so mit dem Staatsanwalt zu sprechen. Jedermann kommt ihm mit Bewunderung entgegen, jedermann außer Belle. Andere Mädchen wären glücklich, wenn Traddles ihnen über den Weg reiten würde, Belle ist da eine Ausnahme. Und weil sie die einzige Ausnahme in Aberdeen ist, reizt sie Algernon umso mehr.

»Ist das die richtige Art und Weise, wie eine Braut ihren Bräutigam begrüßen sollte?«, ruft er lachend.

»Ich bin nicht deine Braut.«

»Noch nicht«, nickt er. »Weil ich noch nicht um deine Hand angehalten habe. Sobald ich mich dazu entschließe, wirst du das glücklichste Mädchen von Aberdeen sein, ach was, von ganz Schottland.«

»Und du bist der größte Träumer von Schottland, wenn du glaubst, dass ich dich heirate.« Belle hält die Zügel kurz gefasst.

»Sei nicht so frech zu Mister Traddles«, mischt sich ihr Vater ein.

Belle richtet sich auf. »Mach den Weg frei, Algernon. Wir haben es eilig.«

Scherzhaft legt der Reiter den Kopf schief. »Hat etwa irgendwo ein Hahn ein Ei gelegt und der Doktor muss ihn behandeln?« Er lacht aus vollem Hals.

»Lass uns durch. Die Königin braucht unsere Hilfe.«

»Die Queen? Was ist los auf Balmoral?« Die Miene des Staatsanwalts wird ernst.

»Ihr Lieblingspferd ist krank.«

»Und da ruft man ausgerechnet *ihn*? – Verzeihen Sie, Doktor. Ich dachte, die Königin hätte ihren eigenen Tierarzt.«

»Wenn ich Zeit hätte, würde ich dir alles erklären«, erwidert Belle, »aber dann wäre der Wallach wahrscheinlich schon tot. Reitest du jetzt endlich zur Seite?«

Algernon lässt seinen Rappen in die nächste Hauseinfahrt tänzeln. »Braucht ihr Hilfe? Soll ich euch begleiten?«

Nun ist es Belle, die lacht. »Willst du dem Pferd der Queen die Hufe halten, während Daddy es behandelt? – Weiter, Snooky.«

Das Pferd setzt sich in Trab. Sie lassen den Staatsanwalt hinter sich.

»War das nötig, Mister Traddles so zu behandeln?« McBean schüttelt den Kopf.

»Sagst du das, weil er der Staatsanwalt ist oder weil du dir eine gute Partie für deine Tochter versprichst?« Belle ist in Fahrt, und wenn sie in Fahrt ist, nimmt sie kein Blatt vor den Mund.

»Ach, Belle, ich wünschte, du würdest deine Mitmenschen mit etwas mehr Barmherzigkeit sehen.«

»Ich hebe mir meine Barmherzigkeit lieber für die Tiere auf. Bei ihnen habe ich mich immer am wohlsten gefühlt.«

»Ich weiß, mein Kind.« McBean dreht sich noch einmal um. »Armer Mister Traddles. Er hat zurzeit wirklich andere Sorgen, als sich deine Frechheiten anzuhören.«

Belle versteht, was ihr Vater meint. Der Staatsanwalt ist mit einem schrecklichen Fall beschäftigt. Ein Mörder geht in der Gegend um, ein Monster, das seine Opfer aus reinem Blutdurst zur Strecke bringt. Drei junge Mädchen, alle im Alter von Belle, sind dem Unhold bereits zum Opfer gefallen. Man fand die erste Leiche in den Highlands, die nächste weiter im Westen, am Rande des Hochmoores, und das dritte Opfer unweit der Ländereien der Königin. Die Art und Weise, wie der Täter die jungen Frauen zugerichtet hatte, war so grausam, dass die Zeitungen darauf verzichteten, die Details zu veröffentlichen. Im Übrigen schlachten die Blätter die Mordserie gründlich aus und ein Name wird dabei am häufigsten genannt: Algernon Traddles. Der Staatsanwalt hat angekündigt, er werde nicht rasten und ruhen, bis die Bestie gefasst sei und Friede und Sicherheit in die Provinz zurückkehrten. Traddles' Bild zierte die Klatschseiten der Presse, man fand sein Konterfei auf dem Titelbild des *Scotsman*, der wichtigsten Zeitung des Landes. Seine Ermittlungen sind zugleich ein Wettlauf mit der Zeit, denn eines ist gewiss: Der Mörder wird weitermachen. Bestimmt sucht er schon nach seinem nächsten Opfer. Die Angst geht um in Aberdeen.

Vielleicht ist Algernon gar kein so oberflächlicher Mensch, wie ich glaube, denkt Belle, während sie Snooky aus der Stadt hinausdirigiert. Vielleicht tue ich ihm Unrecht. Vor ihr liegt die gewundene Straße. Es ist ein weiter Weg nach Balmoral, vor dem Abend werden sie dort gewiss nicht eintreffen.

3

Es ist ein ganz gewöhnlicher Stall, wenn man davon absieht, dass die Verschläge der Tiere aus edlem Eibenholz sind und die Futtertraufen aus behauenem Granit. Belle ist erschöpft, ihr Vater kann vor Müdigkeit kaum noch die Augen offen halten, und auch Snooky ist mit seinen Kräften am Ende.

Es ist dem Stallmeister anzusehen, dass er kein Zutrauen zu dem Doktor hat, den man notgedrungen aufs Schloss rufen musste. »Metamorphosis frisst seit drei Tagen nicht mehr.« Der Mann öffnet den Verschlag, auf dem das königliche Wappen prangt.

»Säuft er noch?«, fragt McBean.

»Er erbricht sofort alles wieder.«

Ja, dort steht er – Metamorphosis, das berühmteste Pferd im Britischen Empire. Seit zehn Jahren dient der Wallach der Königin bei den verschiedensten Gelegenheiten. Victoria nahm auf ihm die Truppenparaden ab, er zog Victorias Kutsche zur Feier ihres zwanzigjährigen Thronjubiläums. Jeder Brite und auch jeder Schotte kennt das Pferd mit der schwarzen Blesse. Bildnisse von ihm zieren Teetassen und Zinnteller.

Belle erkennt auf den ersten Blick, dass Metamorphosis

leidet. Er hält den Kopf unnatürlich vorgestreckt, unruhig tappen seine Hufe auf dem Steinboden, Speichel tropft ihm aus dem Maul, seine Augen sind glasig.

Hinter ihrem Vater betritt Belle den Verschlag. »Frag ihn, was sie gefüttert haben«, flüstert sie.

McBean räuspert sich. Nach der langen Fahrt ist er nicht nur erschöpft, sondern auch schon ziemlich betrunken. »Hat *Mematorph* ... ähm, *Metaphormos* ...« Der schwierige Name will ihm nicht über die Lippen. »Hat das Pferd zuletzt etwas Ungewöhnliches gefressen?«

»Wir verfüttern an alle Pferde gehäckseltes Trockengemüse. Keines der Tiere hat ähnliche Beschwerden.«

»Gemüse, aha.« Der Doc wirft einen Hilfe suchenden Blick zu Belle.

»Taste den Ösophagus ab«, raunt sie.

»Ich werde das Tier jetzt untersuchen.« McBean bückt sich und beginnt den Hals- und Brustbereich des Wallachs abzutasten. Als er sich aufrichtet, sagt er: »Ich vermute eine Schlundverstopfung.«

»Das war auch unsere Annahme«, antwortet der königliche Beamte. »Was schlagen Sie vor?«

Der Doktor beobachtet die würgenden Bewegungen des Pferdes. »Ich werde Leinsamenöl verabreichen.«

»Nein.« Hinter dem Rücken des Stallmeisters schüttelt Belle den Kopf.

»Leinsamen? Einverstanden.« Der Beamte bemerkt Belles Warnung nicht.

Als McBean sich zu seiner Tasche bückt, geht auch sie auf die Knie. »Für Leinsamenöl ist es zu spät. Das Gleitmittel wird die Speiseröhre nicht mehr passieren.«

»Weißt du was Besseres?« McBean nimmt die Ölflasche aus der Tasche.

»Was flüstert das Mädchen?«, fragt der Stallmeister ungeduldig. »Wieso mischt es sich in die Behandlung ein?«

»Meine Tochter ist lernbegierig«, redet McBean sich heraus. »Ich bilde sie gerade aus.«

»Ein Mädchen als Tierärztin?« Der andere lächelt herablassend.

»Halten Sie bitte das Pferd fest.« McBean schüttet den öligen Inhalt der Flasche in einen Trichter, an dessen Öffnung ein Schlauch befestigt ist.

»Ruhig, mein Schöner, nur keine Angst.« Der Stallmeister umfasst den Schädel des Wallachs.

Zunächst sieht es so aus, als ob Metamorphosis sich die Behandlung gefallen ließe. Doch dann zuckt er zurück und will aus der Box ausbrechen.

»Vorsicht!« Die Männer pressen sich an die Holzwände.

Bevor McBean es verhindern kann, springt der Wallach auf ihn zu und erbricht sich auf des Doktors rot karierte Weste.

»Oh nein!« Ein öliger Schleim läuft ihm über die Brust.

Länger kann Belle sich nicht mehr beherrschen. Sie fasst Metamorphosis an der Trense. »Er hat Krämpfe. Wir sollten vor der Behandlung Schlummerkraut injizieren.«

»*Wir*?« Der Stallmeister stemmt die Hände in die Hüften. »Was fällt dir ein, dich einzumischen? Wer ist hier eigentlich der Arzt, Sie oder Ihr Kind?«

Während McBean seine Weste mit einem Büschel Stroh trocken reibt, tastet Belle die Brust des Tieres ab. »Da! Da sitzt es. Es steckt nicht im Schlund, sondern im Brustbereich.

Die Gemüseschnitze sind aufgequollen und haben sich vor dem Zwerchfell festgesetzt.«

»Jetzt habe ich aber genug.« Der Beamte reißt Belle von dem Pferd zurück. »Wie lange soll ich mir das Geplapper eines Kindes noch anhören? Wer gibt dir das Recht, im Stall der Königin …«

»Ich«, antwortet eine Stimme aus unmittelbarer Nähe. Die angenehme ernste Stimme einer Frau. »Lassen Sie das Mädchen sagen, was es zu sagen hat, Mister Thiernay.«

Mit diesen Worten betritt eine nicht eben große, etwas beleibte Dame den Stall. Sie trägt ein schwarzes Kleid, ein wollenes Schaltuch um die Schultern und eine weiße Haube.

»Eure Majestät.« Der Stallmeister macht eine tiefe Verbeugung. »Runter mit euch beiden«, zischt er den Besuchern zu.

Belle hat noch nie einen Hofknicks gemacht. In Aberdeen gibt es keine Persönlichkeit, vor der man sich so tief verbeugen müsste. Sie folgt dem Beispiel ihres Vaters und beugt den Oberkörper.

»Eure Majestät …«, stammelt McBean.

»Lassen Sie sich nicht aufhalten, Doktor. Auch du nicht, mein Kind.« Aus hellblauen Augen mustert die Queen das Mädchen. »Wie kann man meinem armen Pferd deiner Meinung nach helfen?«

»Mit einer Nasenschlundsonde, Eure Majestät.«

»Damit ließe sich diese Verstopfung beheben?«

»Es ist die einzige Möglichkeit, fürchte ich. Andernfalls würde Metamorphosis die Nacht nicht überleben.«

»Vielleicht sollten wir besser die Rückkehr des Hofarztes abwarten«, lässt sich der Stallmeister vernehmen.

»Von London nach Schottland braucht er zwei Tage. Das können wir nicht riskieren.« Victoria tritt auf Belle zu. »Hast du so etwas schon einmal gemacht?«

»Ja, Majestät, bei Snooky, meinem Pferd. Der hatte sich an den Kartoffeln überfressen, die wir an die Schweine verfüttern. Er reckte sich und würgte, aber da ging weder etwas vor noch zurück.«

»Sie ist nur ein Kind, Majestät«, beharrt der Stallmeister.

Mit einer Geste schneidet die Queen ihm das Wort ab. »Fang an, Mädchen.«

»Die Nasenschlundsonde, Daddy.« Belle wendet sich zu ihrem Vater, der verwirrt danebensteht.

»Natürlich.« Der Doktor kramt in seiner Tasche.

»Haben Sie auf dem Schloss eine hydraulische Pumpe?«, fragt Belle.

»Haben wir so etwas?«

»Drüben in der Werkstatt, Ma'am.«

»Holen Sie sie, bitte.«

Der Stallmeister beeilt sich, den Befehl der Queen auszuführen.

Wenige Minuten später ist es so weit. Dem Pferd wurde eine Spritze verabreicht. Bevor die Muskelerschlaffung einsetzt, schließt Belle einen Gummischlauch an die Luftpumpe an, die der Stallmeister herbeigeschleppt hat. Mithilfe ihres Vaters schiebt sie den Schlauch in eine der Nüstern des Wallachs. Die Betäubung des Schlummerkrautes setzt mit solcher Wucht ein, dass das Pferd in die Knie bricht. McBean und der Stallmeister helfen Metamorphosis in die erforderliche Seitenlage und halten seinen Kopf fest. Belle bedient die Pumpe. Durch die Druckluft hebt sich der Brustkorb des

Pferdes. Zuckungen durchjagen seinen Hals, der Kopf pendelt willenlos hin und her. Doch mehr passiert nicht.

»Helfen Sie mir, Majestät«, keucht Belle, die aus Leibeskräften pumpt.

Die Königin wirft ihr Schaltuch ab und packt ebenfalls zu. Miteinander heben und senken die beiden Frauen den Pumpenschwengel. Der Druck im Innern des Pferdeleibes erhöht sich, bis mit einem Mal ein breiiges Gemisch aus seinem Maul hervordringt. Zugleich schießen Gemüseschnitze aus den Nasenlöchern.

»Sehr gut«, ruft Belle und schaut in das gerötete Gesicht ihrer Königin. »Es löst sich.«

»Gut gemacht, Mädchen«, nickt die Queen.

»Locker, ganz locker«, beruhigt Belle das würgende Pferd. »Bitte weiterpumpen, Ma'am. Wir haben es noch nicht geschafft.«

Während die Königin die Pumpe bedient, springt Belle zu dem liegenden Pferd und führt ihm die Sonde tiefer und tiefer ein. Mit einem Mal hört das Ausscheiden der Trockenkost auf. Belle riecht am Maul des Wallachs. Von dort kommt es säuerlich, dazu hört man ein glucksendes Geräusch.

»Wir sind im Magen angelangt«, verkündet sie froh. »Das genügt. Der Rest wird von selbst abgehen.«

»Kann ich aufhören zu pumpen?«

»Das können Sie, Majestät.«

Während Belle den Schlauch aus der Nase des Pferdes zieht, springt der Stallmeister der Queen zur Seite und reicht ihr das Schaltuch. Unbekümmert wischt sie sich damit übers Gesicht.

»Ich kann mich nicht erinnern, wann ich mich das letzte Mal so angestrengt habe«, seufzt die Queen.

Kniend säubert Belle die Nüstern des Tieres. Doktor McBean reibt ihm mit Stroh die Flanken trocken. Metamorphosis zuckt und reckt sich, als ob er sich weiter erbrechen wollte, doch schließlich liegt er still und beginnt, gleichmäßig zu atmen.

»Ich weiß nicht, wie ich dir danken soll, liebes Kind«, sagt die Queen mit roten Wangen. »Wie ist dein Name?«

»Belle McBean.«

»Belle? Was für ein hübscher Name.« Sie reicht dem Mädchen ihre Hand. »Ich stehe tief in deiner Schuld, Belle.«

»Danke, Eure Majestät.«

Die Queen nickt den Männern zu und verlässt den Stall. Von der Schlosskapelle läutet die Glocke achtmal.

4

Sie fahren durch die schottische Heide, durch das Hochmoor, die düstere Ebene mit der ewigen Feuchtigkeit. Belle ist ängstlich bemüht, das Pferd in der Mitte der Straße zu halten. Was bei Tag als weite Landschaft unter einem endlosen Horizont erschien, ist bei Nacht ein Schreckgespenst der Unendlichkeit. Der Abgrund in ein Nebelreich, das nach altem Aberglauben von Trollen und Hexen bevölkert wird, von Geschöpfen, in denen die Seelen von Verdammten weiterleben.

Fast wäre Belle auf dem Kutschbock eingeschlafen. Jetzt reißt sie den Kopf hoch. Wir sind im Moor. Wenn du hier vom Weg abkommst, endet es übel, denkt sie. Um die Unglücklichen, die das Hochmoor verschlungen hat, ranken sich viele Sagen. Von Irrlichtern seien sie missgeleitet worden, Dämonen hätten sie verführt, kein Grabstein bedeckt ihre Leichen.

Was für eine unselige Idee, die Heimfahrt noch in dieser Nacht anzutreten, denkt Belle. Ihr Vater hätte wohl gern auf Balmoral übernachtet, sie aber musste an die Tiere denken, um die sie sich zu Hause zu kümmern hat. Nach der Behandlung von Metamorphosis wurde daher die sofortige Heimfahrt beschlossen. Der Stallmeister, beeindruckt von den Fähigkeiten des Mädchens und eingeschüchtert durch die Worte der Königin, gab den McBeans ein frisches Pferd. Sie spannten es vor den Wagen, während Snooky hinten festgebunden wurde.

»Wie kann unsere Königin nur freiwillig in dieser gottverlassenen Gegend wohnen?«, murmelt Belle.

»Keine Gegend ist von Gott verlassen.« Der Doktor hat den Kopf zum Schlafen auf seinen Arm gelegt, jetzt öffnet er die Augen.

»Wenn ich die Königin von England wäre und mir praktisch jeden Platz auf der Welt aussuchen könnte, würde ich mich nicht in diese Einöde zurückziehen. Hier ist absolut nichts.«

»Lass das bloß die Each Uisges nicht hören«, kichert der Vater.

»Each Uisges? Was heißt das?«

»In der Sprache unserer Vorfahren bedeutet *Each* Pferd und *Uisge* das Wasser. Das Besondere an diesen Geschöpfen ist, dass sie Gestaltwandler sind. Sie können sich in alle möglichen Wesen verwandeln, manchmal in einen gefährlichen Vogel, manchmal in einen gut aussehenden jungen Mann.«

Belle zügelt das Pferd, das in schnellen Trab verfallen will. Die Laterne auf ihrem Wagen leuchtet aber nur ein kleines Stück voraus. »Davon habe ich noch nie gehört.«

»Doch, das hast du, Belle. Deine Mutter hat dir Geschichten von den Each Uisges erzählt«, erwidert McBean.

Belle schämt sich, dass sie so wenig von ihrer Mutter in Erinnerung behalten hat. Als sie starb, war Belle einfach noch zu klein. »Ich hab ein Bild von Mama im Kopf, wie sie an meinem Bett sitzt. Ich erinnere mich an ihre dunkelroten Haare, die liebevollen Augen und wie zart sie mich immer berührt hat.«

»Ja«, seufzt der Doktor, »zart war sie, meine Mary, vielleicht zu zart. Und so zerrann ihr Leben heimlich, ohne dass ich es rechtzeitig bemerkt hätte. Von Tag zu Tag wurde sie leichter, bis sie eines Morgens verschwunden war.« Mit seinen dicken Fingern wischt er sich über die Augen.

»Glaubst du, dass sie bei den *Each Uisges* ist?« Belle liebt die Vorstellung, dass die Toten nicht für immer gegangen sind, sondern in anderer Gestalt bei den Lebenden weilen.

»Oh nein.« McBean schüttelt den Kopf. »Die Each Uisges sind böse Geschöpfe. Tauchen sie in Gestalt von Pferden auf, halten sie sich in Ufernähe eines Lochs auf und verlocken die Menschen, das prächtige Pferd zu besteigen. Doch kaum ist der Reiter aufgesessen, prescht das Each Uisge mit ihm ins Wasser und schwimmt zur tiefsten Stelle. Dort ertränkt es den Reiter und frisst ihn mit Haut und Haar auf, bis auf die Leber. Wenn später eine Leber am Ufer angespült wird, wissen die Leute, dass das Each Uisge ein weiteres Menschenleben gefordert hat.«

Belle lässt die Zügel locker und lacht. »Du kannst mir keine Angst machen, Daddy.«

Sie fahren einen Abhang hinunter. Das Pferd, der Wagen und seine Insassen tauchen in dichte Nebelschwaden ein.

»Vorsicht, eine Kurve!«, schreit der Doktor plötzlich.

Da kommt schon das linke Rad von der Straße ab, das Gefährt gerät ins Schlingern und neigt sich zur Seite. Das Gewicht des Wagens zieht auch das Pferd in die Tiefe. Im

Nebel und in der Finsternis kann Belle nicht einschätzen, wie weit es dort hinabgeht.

Snooky wittert die Gefahr, er will nicht mitgerissen werden, er scheut und zerrt gegen das Seil. Belle versucht zu bremsen, doch das rechte Rad schwebt bereits in der Luft.

»Vater!«

Der Doktor wirft sich auf die andere Seite, um den Wagen wieder zu Boden zu zwingen, aber der Sog in den Abgrund ist stärker. Das Moor tut sich auf, der Wagen stürzt die Böschung hinunter. Ein Blitz, als die Laterne auf Stein prallt, zerbricht und ins Moor eintaucht. Das Feuer erlischt, rundherum wird alles schwarz.

Der Wagen überschlägt sich, kommt auf dem Dach zum Liegen und dreht sich immer noch weiter ins Bodenlose. Belle wird umhergeschleudert, kein Unten, kein Oben, sie fällt, ihre Glieder prallen auf, ihr Kopf schlägt gegen Metall. Hart endet der Sturz, knarrend rollt die Kutsche aus. Belle spürt, wie Nässe und Feuchtigkeit an sie herankriechen, sie fühlt, dass sie auf dem Rücken liegt, die Beine merkwürdig angewinkelt, die Arme ausgebreitet, ihr Haar nass vom schwarzen, brackigen Wasser. Sie hört ein Rufen, ist es der Vater? Wohin entfernt sich die Stimme? Ist sie selbst es, die sich entfernt? Dort ist das Nichts und Belle gleitet hinüber, dorthin, wo die Schwerelosigkeit sie erwartet.

* * *

Das Rascheln von Gras, ein plötzlich aufkommender Wind, Wasser von oben. Der Regen hat Belle geweckt. Wie viel Zeit ist vergangen? Sie fühlt eine Axt in ihrem Schädel, doch als sie hinfasst, ist es nur eine Wunde über dem Ohr. Belle friert erbärmlich. Wie lange lag sie im Nassen? Ein Blick zum Himmel, nicht der kleinste Schimmer am Firmament, der Tag ist noch fern. Als Erstes muss sie den Vater suchen. Belle richtet sich auf. Wo sind die Pferde? Snooky ist verschwunden. Ist die Leine gerissen, mit der er an die Kutsche gebunden war? Hat er sich selbst befreit?

»Daddy?« Belles Stimme hört sich kläglich an. Keine Antwort aus der Dunkelheit. Ist er ohnmächtig oder sollte ihm Schlimmeres zugestoßen sein?

»Daddy! Sag etwas!«

Beim Aufstehen merkt Belle, dass sie am oberen Rand der Böschung liegt. Nach dem Sturz war sie im Wagen zwischen dem Gestänge eingekeilt gewesen, jetzt aber ruht ihr Körper im Heidegras am Straßenrand. Daddy muss mich gefunden haben, überlegt sie. Ich war bewusstlos, er hat mich auf die Straße gezerrt. Sie ruft den Vater noch einmal, nur das Plätschern des Regens antwortet.

Belles Knöchel fühlt sich geschwollen an. Beim Atmen tut es weh, sie hat sich wohl die Rippen geprellt. Mit tapsenden Schritten hinkt sie um die gestürzte Kutsche, bis ihre Füße ins Moorige geraten. Snookys Seil ist nicht gerissen, das Pferd wurde losgebunden. Das gibt Belle ein wenig Hoffnung: Wie es scheint, ist ihr Vater losgeritten, um Hilfe zu holen.

Sie dreht sich um. Dort steht die Stute aus Balmoral mit gesenktem Kopf. An der Deichsel sind die Gurte gerissen, doch von der Trense kann sich das Tier nicht befreien, es ist an den umgestürzten Wagen gefesselt. Behutsam löst Belle die Riemen, bis das Tier frei ist und sie die Trense als Zügel benutzen kann. Obwohl ihr jeder Knochen im Leib wehtut, schwingt sie sich auf das Pferd. Über jene Anhöhe sind sie gekommen. Belle wendet und reitet in die entgegengesetzte Richtung davon.

5

Uralte Eichen entlang des Weges, ihre Kronen umarmen einander in der Höhe. Bei Tag muss dieser Wald wie eine Kathedrale aus Grün anmuten, nachts ist er eine gigantische Höhle.

Belle fährt im Sattel herum. »Wer ist da?« War das eine Stimme, hohl und entfernt? Nur das Rauschen der Bäume ist zu vernehmen. Der Wind bewegt die schweren Äste. Ängstlich schlägt sie die Fersen in die Flanken und spornt das Tier zum Galopp an. Der Weg ist ein heller Streifen, trotz der Finsternis weist er ihr die Richtung. Vor einer Gabelung bringt Belle die Stute zum Stehen. Rechts geht es noch tiefer in den Wald hinein, zur Linken bemerkt sie einen Schimmer. Erwacht hinter den Bäumen etwa das Morgengrauen? Ist das bereits der Tag? Im leichten Trab setzt Belle den Ritt fort.

Wenig später endet der Weg an einem *Loch*, einem jener dunklen Gewässer, von denen es in Schottland so viele gibt. Dahinter, von wuchtigen Eichen halb verborgen, erhebt sich eine Ruine.

Von einem anderen Schloss als Balmoral Castle in der

Gegend hat Belle noch nie etwas gehört. Die düstere Burg scheint bereits lange unbewohnt zu sein. Der Hauptturm steht noch, das Dach jedoch ist eingesunken und die Fenster sind nichts als schwarze Höhlen. Über dem äußeren Tor stehen in eisernen Lettern zwei Worte: *Kinord Castle*.

»*Kinord*«, murmelt Belle den unbekannten Namen. Vorsichtig steigt sie ab, bindet das Pferd an einen Baum und nähert sich dem Ufer des Sees.

»Was suchst du hier, Mädchen?«

Vor Schreck schreit Belle auf. Hinter ihr ist eine Frau erschienen, unhörbar, als hätte der Wind sie ans Ufer getragen.

»Wie kommst du nach Kinord Castle?«

Anders als die Schottinnen trägt die Frau keinen weiten Rock, keine Haube, kein Plaid über den Schultern, sondern ein enges schwarzes Gewand, unter dem Hosenbeine hervorschauen. Darüber leuchtet ein roter Umhang, den sie zugleich als Kopftuch benutzt. Ihre Haut ist dunkel, ihre Augen sind von stechendem Schwarz. »Willst du nicht antworten?«, fragt sie mit rollendem Akzent.

»Ich bin vom Weg abgekommen«, beeilt Belle sich zu sagen.

»Welches ist dein Weg?«

»Ich war mit meinem Vater auf Balmoral Castle. Er ist Tierarzt. Wir haben das Pferd der Königin behandelt. Auf dem Rückweg hatten wir einen Unfall. Ich wurde ohnmächtig. Als ich erwachte, war mein Vater verschwunden.«

Belle graut es vor dieser Frau, der sie am Ufer eines unbekannten Sees gegenübersteht. Vielleicht ist sie ja einer jener Geister, die ihre Gestalt verwandeln, um Menschen ins Unglück zu stürzen.

»Wenn ich Sie gestört habe, tut es mir leid«, sagt Belle hastig. »Jetzt muss ich weiter.«

Die Frau legt ihre Hand auf die Schulter des Mädchens. »Mein Name ist Rudya Morphed.«

»Ich heiße Belle McBean.«

»Hier bist du richtig. Warum kommst du nicht herein, Belle?« Die Frau weist auf die Ruine.

»Ist dieses Schloss denn bewohnt?«

»Überzeug dich selbst.«

Am liebsten würde Belle zu ihrem Pferd rennen und davongaloppieren, doch wie von einer unbekannten Kraft angezogen, setzt sie Fuß vor Fuß. Sie hebt den Blick zu den toten Fensterhöhlen. »Wer wohnt hier?«

»Kein Name, keine weiteren Fragen«, antwortet Rudya Morphed. »Von jetzt an solltest du schweigen.«

Nebeneinander durchschreiten sie das Schlosstor.

* * *

Schwarz ist es hier nicht nur, weil Nacht herrscht. Es scheint, als wären Mauern, Steine und Treppen, selbst die Vorhänge und Wappen an den Wänden des Schlosses tiefschwarz.

»Sie haben gesagt, hier sei ich richtig.« Es ist der erste Satz, den Belle spricht, seit sie die Ruine betreten haben. »Aber in diesem Gemäuer ist nichts außer Kälte und Finsternis. Darum muss ich weiter und meinen Vater suchen.« Sie dreht sich zur Tür.

»Dein Vater ist hier«, sagt Miss Morphed.

Als hielte eine unsichtbare Hand sie fest, bleibt Belle stehen. »Mein Vater? Wo ist er? Geht es ihm gut?«

»Ich fürchte, er leidet.«

»Ist er krank?«, fragt Belle erschrocken.

»Er leidet, weil er diese Schwelle übertrat.«

»Ich habe die Schwelle doch auch übertreten.«

»Du bist willkommen.«

Belle kehrt zu Miss Morphed zurück. »Bringen Sie mich zu ihm.«

»Das wollte ich gerade tun. Hier entlang.«

Belle glaubt, nun gleich einen Raum zu betreten, in dem ihr Vater sie erwartet. Doch die fremdartige Frau bringt sie zu einer Treppe, die in die Tiefe führt.

»Da hinunter?« Misstrauisch bleibt Belle stehen. »Wieso ist mein Vater im Keller?«

Statt einer Antwort entzündet Rudya Morphed eine Fackel und reicht sie dem Mädchen.

»Kommen Sie denn nicht mit?«

»Das ist dein Weg.« Die Frau deutet auf die Treppe, die sich im Dunkel verliert.

»Wäre ich nur nie hierhergekommen«, flüstert Belle, senkt die Fackel auf die Stufen und macht sich auf den Weg in die Tiefe.

Mehrere Stockwerke geht es in die Eingeweide des Schlosses hinab, bis sie zuletzt auf festgetretenem Lehm steht. Die Fackel vor sich haltend schleicht Belle in den unterirdischen Gang. Plötzlich ist da ein Keuchen, es klingt hohl und verzerrt, und doch erkennt Belle die Stimme ihres Vaters. Sie beginnt zu laufen, tappt in Pfützen, rennt über Schwellen und erreicht endlich die Tür am Ende des Gewölbes. Dahinter befindet sich, durch ein Sichtfenster deutlich erkennbar, der Kerker der Schlosses. Öllampen tauchen die grausame

Vergangenheit schottischer Gerichtsbarkeit in ihr unerbittliches Licht. In diesem Raum wurden Menschen gefoltert. Die Werkzeuge der Torturen stehen noch bereit, Streckbank, Würgeeisen und Fesseln. Mit Schaudern lässt Belle ihren Blick durch die Kammer wandern, bis er auf einem Bündel auf dem Boden hängen bleibt.

»Daddy? – Daddy!«

Gekrümmt vor Schmerz liegt ihr Vater da, er keucht und hat offensichtlich nicht die Kraft aufzustehen.

»Was ist geschehen? Weshalb hält man dich hier gefangen?«

»Belle?« Hoch und verzweifelt klingt seine Stimme. »Bist ... du es?«

»Ja, Daddy.«

»Wo kommst du her?« Er dreht sich in eine Lage, aus der er sie ansehen kann.

Als Belle sein Gesicht erblickt, schreit sie auf. »Was haben sie dir angetan?«

Ein Riss klafft von seiner Stirn bis zum Kinn, überall klebt Blut. Sein Kiefer scheint gebrochen zu sein.

»Wer war das? Wessen Waffe hat so gewütet?«

»Keine Waffe«, stöhnt McBean. »Er selbst.«

»Welche gottverdammte Bestie tut so etwas?« Trotz ihrer Angst schreit Belle die Sätze in das dunkle Gewölbe empor.

McBean stützt sich vom Boden ab. »Er ist der Teufel in Menschengestalt.«

»Ich befreie dich. Ich hole dich hier raus.« Belle rüttelt an den Balken der Tür. »Wo ist der Schlüssel?«

»Kein Schlüssel verschafft dir hier Eintritt«, sagt jemand dicht hinter ihr.

Es ist eine Stimme, wie man sie sein Lebtag niemals vergisst. Eine Stimme, die der Hölle entstiegen sein muss, aus der jede Freude und jedes Glück seit Ewigkeiten verbannt sind. Es ist die Stimme von einem, der alles Dunkle und Angsteinflößende kennt, jeden Schmerz und jede Erniedrigung.

Belle könnte beim Klang dieser Stimme niedersinken und den Verstand verlieren, doch die Sorge um ihren Vater lässt sie aufrecht stehen bleiben. Der Gefangene im Verlies hat jene Stimme ebenfalls gehört.

»Lauf ...«, stammelt McBean. »Lauf weg!« Seine Augen sind vor Schreck geweitet.

Doch Belle dreht sich um und sieht den Fremden an.

6

Das Böse ist mächtig. Es ist eine verführerische Macht, es vermag das Dunkle in uns an die Oberfläche zu locken. Das Böse offenbart sich dadurch, dass wir selbst uns schlecht und verwerflich vorkommen. Doch als Belle sich umdreht und in das Gesicht jenes Wesens blickt, kann sie die Merkmale des Bösen nicht erkennen. Sie erwartet das Schlimmste, entdeckt jedoch nur die Verwüstung, die das Böse anrichtet, nicht aber seinen Kern, nicht seine Unerbittlichkeit. Stattdessen erblickt Belle die größte Traurigkeit, die sie jemals sah.

Sie sieht in ein Paar Augen, wie es sie so blau und leuchtend selten gibt, doch diese Augen werden verdunkelt von düsteren Lidern. Violett und schwer senken sie sich über die Pupillen. Diese Augen nehmen Belle für einen Moment die Furcht, der Rest des Geschöpfs lässt ihr Blut in den Adern gefrieren.

Wo hört das Tier auf, wo beginnt der Mensch? Belle weiß viel über Tiere. Sie kennt Hirtenhunde, treu und geduldig, doch wenn ein Schmerz sie peinigt, verwandeln sie sich vorübergehend in ihre Vorfahren, die Wölfe. Belle hat viele Kühe behandelt, die sanfteste Tierart, die sich denken lässt.

Wird jedoch eine Kuh mutwillig von ihrem Kalb getrennt, kann sie rasender über die Weide toben als ein wild gewordener Stier. In jedem Tier steckt noch eine Ahnung der Urzeit, etwas Wildes, Unnennbares, das sich nicht lenken lässt. Selbst der Mensch, dem doch durch seine Vernunft und die Fähigkeit zur Selbstreflexion eine beherrschende Stellung über die Tiere eingeräumt wird, auch der Mensch ist letzten Endes nur ein Tier.

Belle wird sich dessen bewusst, als das Geschöpf vor ihr aufragt. Es ist ein Mann. Er hat den Körperbau eines Mannes, ist sogar gekleidet wie ein Gentleman, mit Gehrock, Hemd und Kragen. Doch ist es nicht eher der Körper eines Minotaurus, jenes mythologischen Wesens, halb Mensch, halb Stier? Sind solche Muskeln, die sich unter dem Stoff abzeichnen, nicht hundertmal stärker, gewaltiger, als man sie je an einem Menschen sah? Seine Schultern und Arme sprengen die Seide beinahe, die sie verhüllen soll. Das Wesen hat Menschenhände, etwas Anmutiges schlummert in ihnen, auch wenn Belle beim Anblick dieser Pranken überzeugt ist, er könnte damit mühelos einen Schädel zerquetschen. Eine lange Klaue ragt an seinem Mittelfinger hervor. Sie vermittelt Belle eine Vorstellung davon, wodurch das Gesicht ihres Vaters verletzt wurde.

Die Fackel erhellt nicht jede Einzelheit dieses dunklen Geschöpfes, doch mehr wäre auch schwer zu ertragen. Belle begreift plötzlich, weshalb ihr Vater in ihm den Teufel in Menschengestalt vermutete. Seine Stirn geht in Auswüchse über, die man mit Hörnern verwechseln könnte. Ist dieser gehörnte Kopf der eines Bocks? Sie kennt solche Metamorphosen von jungen Hirschen, denen das erste Geweih zu sprießen beginnt. Man mag sich davor fürchten, zugleich trägt es eine rührende Wildheit in sich, eine sperrige Brücke von der Kindheit zum Mannesalter. In ungebändigten schwarzen Locken fällt sein Haar nach allen Seiten. Fast muss Belle lachen: Es mutet an, als ob ein Schaf viele Jahre lang nicht geschoren worden wäre.

»Worüber lachst du?«, fragt sein Mund. Wieder greift seine Stimme in die Seele des Mädchens. Diesen Mund könnte Belle schön nennen, und doch ist es eine verstörende Schönheit. Voll und liebenswürdig sind seine Lippen, zugleich umspielt sie eine unergründliche Lüsternheit. Belle ist sechzehn Jahre alt, als angehende Tierärztin kennt sie die Gesetze der Sexualität besser als die meisten Mädchen ihres Alters. Sie hat Rothirsche in der Brunft gesehen, Pferde bei der Paarung, sie half Schafen und Ziegen bei der Entbindung ihrer Jungtiere. Doch als sie die Lippen jener Gestalt erblickt, erwacht in Belle eine Ahnung ihrer eigenen Sexualität, des eigenen Lustgefühls, eine Ahnung, die sie erschreckt.

»Weshalb hast du bei meinem Anblick gelacht?«, fragt er noch einmal. »Komme ich dir lächerlich vor?«

»Nein, Sir ...«

Er tritt in den Schein der Fackel. »Wieso wendest du dich nicht mit Abscheu von mir, wenn du dieses Gesicht erblickst?«

»Was soll daran abscheulich sein?« Belle spürt etwas von ihrer unerschrockenen Art zurückkehren. »Ich habe festgestellt, dass die meisten Menschen die Eigenarten von Tieren in sich tragen. Manche sabbern wie Bulldoggen, manche schnuppern wie Kaninchen, andere stolzieren wie ein Pfau daher.« Belle redet gegen den Irrsinn der Situation an, in der sie gefangen ist. »Es gibt im Tierreich so viele verschiedene Spielarten …«

»Ich erscheine dir also als Tier?«, bricht es unvermittelt aus ihm hervor, als ob sich der Schlund eines Drachen geöffnet hätte. »Du glaubst, du kannst mich wie ein wildes Tier behandeln?«

»Wenn Sie sich wie ein Tier benehmen, ja!«, gibt sie zurück. »Was haben Sie meinem Vater angetan?«

Bis jetzt stand das Wesen gebückt vor ihr, unvermittelt richtet er sich zu voller Höhe auf und überragt Belle um zwei Hauptеslängen. »Er ist unbefugt in mein Schloss eingedrungen.«

»Das bin ich auch.«

»Du bist willkommen«, antwortet er eine Spur sanfter.

»Heißt das, allen Leuten, die Ihnen nicht willkommen sind, zerschmettern Sie das Gesicht?«

»Es wird wieder heilen«, gibt er knurrend zurück. Für einen Moment meint Belle, Bedauern aus seinen Worten zu hören. »Ich wollte das eigentlich nicht.«

»Sie *wollten* das nicht? Sie haben ihn so übel zugerichtet, dass seine Nase eingerenkt und seine Wunden genäht werden müssen. Und zwar sofort.«

»Miss Morphed wird sich darum kümmern.«

»Nein. Ich kümmere mich darum. Und danach werden mein Vater und ich Ihr Schloss verlassen, in dem wir nicht *willkommen* sind.«

»Ihr wollt fort?«, fragt er und tritt einen Schritt in die Finsternis zurück. »Das ist unmöglich.«

»Wollen Sie uns etwa nicht gehen lassen?« Wie ein dunkler Affe springt die Angst Belle an.

»Kein Mensch, der mich gesehen hatte, darf diese Burg je wieder verlassen.«

»Und was haben Sie mit Ihren früheren Besuchern gemacht?« Wut und Verzweiflung steigen in ihr hoch. »Haben Sie sie aufgefressen?«

»Nicht, Belle, reize ihn nicht«, beschwichtigt ihr Vater, der sich inzwischen zur Kerkertür geschleppt hat.

»Ich fresse keine Menschen«, antwortet das Wesen ernst.

Mit der erhobenen Fackel tritt Belle vor die mächtige Gestalt und nimmt allen Mut zusammen. »Wir sind hier nicht weit von Schloss Balmoral entfernt. Ich frage mich, ob die Queen davon weiß, was in ihren Wäldern, an ihrem See vor sich geht. Ich frage mich, ob sie erfreut wäre, das zu hören.«

»Die Königin?«, erwidert er mit erstaunlichem Sanftmut. »Die Queen ist für ihr ganzes Volk wie eine gute Mutter. Auch für mich.«

»Sie ist aber auch eine weise Richterin«, widerspricht Belle, »die jedes Unrecht streng bestraft.«

»Genug jetzt«, unterbricht das Wesen ungeduldig. »Dein Vater darf nicht fort von hier, und du auch nicht.«

»Sollen wir etwa in Ihrem Kerker verschmachten?« Als er nicht antwortet, fährt sie fort: »Wenn mein Vater in seinem Zustand noch ein paar Tage in dem feuchten Gemäuer bleibt, stirbt er.«

»Und wenn ich euch gehen lasse, weiß bald das ganze Land, dass hier ein Monster wohnt!« Der Satz bricht mit solcher Wucht aus ihm hervor, dass das Gewölbe von seinen Worten widerhallt.

»Wir werden niemandem etwas erzählen, Sir. Das schwöre

ich.« Belle springt zur Kerkertür. »Nicht wahr, Vater? Wir behalten das Geheimnis für uns.«

»Es ist leicht, so etwas zu behaupten, solange ihr in meiner Gewalt seid.« Das Wesen wendet sich zum Gehen. »Sollte ich euch freilassen, würdet ihr Rache an mir nehmen.« Er zieht sich in den finsteren Korridor zurück, schwer hallen seine Schritte auf dem Stein.

»Warten Sie!« Belle will ihm nachspringen, aber ihr Mantel verhakt sich an einer scharfen Metallkante. »Bleiben Sie stehen! Wenn Sie meinen Vater gehen lassen, dann will ich freiwillig hier im Schloss bleiben ... als Ihre Geisel.«

»Nein, Belle, das darfst du nicht«, protestiert der Doktor mit schwacher Stimme.

Die Schritte im dunklen Gang verstummen.

»Hören Sie mich?« Belle lauscht, vernimmt aber nur ihre eigenen Atemstöße.

»Du würdest nicht versuchen zu fliehen?« Anders klingt seine Stimme diesmal, als ob eine zarte Hoffnung darin schwingen würde.

»Nein, ich würde nicht fliehen.«

»Selbst wenn ich dir gestatten würde, dich frei im Schloss zu bewegen?«

»Ich verspreche es Ihnen, Sir. Bitte ...« Belles Selbstbeherrschung ist am Ende, die Anspannung löst sich, Tränen brechen hervor. »Bitte lassen Sie meinen Vater frei!«

Mit zögernden Schritten kommt das Wesen zurück. Belle blickt in seine blauen Augen und versucht, nichts sonst von seiner schrecklichen Gestalt wahrzunehmen. Anders ist es unmöglich, dem Geschick, das sie mit dem eben geleisteten Schwur erwartet, entgegenzusehen.

7

Mit fliegenden Rockschößen läuft Algernon Traddles auf das Haus von Doktor McBean zu. Der Staatsanwalt hofft inständig, dass Belle die heutige Zeitung noch nicht aufgeschlagen hat. Er selbst will ihr seine Heldentat in allen Einzelheiten erzählen. Er brennt darauf, er fiebert danach, denn er will Belle ein für alle Mal von seiner Einmaligkeit überzeugen.

Algernon ist nicht wie sonst in Schwarz gekleidet, er hat sich für einen flotten Frühlingsanzug entschieden. Vielleicht, so überlegt er, schüchtere ich Belle mit meinem schwarzen Anzug ein, in dem ich meine Amtsgeschäfte führe. Sie ist jung und liebt das Helle, das Romantische.

»Noch ein Mord?«, hört Algernon plötzlich eine Stimme vor sich sagen.

»Eben nicht. Diesmal kein Mord«, antwortet eine zweite Stimme. »Mister Traddles hat den Mörder in die Flucht geschlagen. Diesmal kam das bedauernswerte Opfer mit dem Schrecken davon.«

Zwei Männer sind es, die knapp vor Algernon die Straße hinunter auf den Hafen zuschlendern. Er selbst verlangsamt seinen Schritt und lauscht. Ganz Aberdeen, nein, ganz Schottland redet heute von nichts anderem als von seinem Meisterstück.

»Sagenhaft«, meint der eine. »Wie hat Traddles das nur angestellt?«

»Das will ich dir sagen.« Der andere hebt bedeutungsvoll den Finger. »Unser Staatsanwalt ist dem Mädchenmörder seit geraumer Zeit auf der Spur, deshalb hatte er diesmal eine Ahnung, wo die Bestie zuschlagen würde.«

Schmunzelnd folgt Algernon den Männern. Er genießt es, seine Taten aus ihrem Mund ein weiteres Mal zu hören.

»Er hat dem Mörder aufgelauert?«, fragt der Erste neugierig. »Wo denn?«

»In Torphins, am Rand der Highlands.«

»Ist das dort, wo die Straße zu Schloss Balmoral abzweigt?«

»Genau dort.«

»Und was war mit dem Mädchen?«

»Sie arbeitet in Torphins als Kellnerin. Nachdem Sperrstunde war, machte sie sich auf den Heimweg ins Nachbardorf.«

»Woher wusste Mister Traddles bloß, wen der Mörder sich als Opfer aussuchen würde?«

»Unser Staatsanwalt ist ein Fuchs«, antwortet der andere. »Er weiß mittlerweile, nach welchem Muster der Mörder vorgeht und welchen Typ Mädchen er sich aussucht. Du musst es dir so vorstellen, als ob Traddles in den Kopf des Mörders hineinschlüpfen könnte.«

Den beiden Freunden dicht auf den Fersen, nickt Algernon zufrieden: Besser hätte er selbst seine detektivische Methode nicht schildern können.

»Und woher weißt du das so genau?« Der eine bleibt stehen.

»Steht alles in der Zeitung.«

»Und woher weiß es die Zeitung?«

Da die beiden nun innehalten, wendet sich Algernon, um nicht erkannt zu werden, einer Auslage für Damenmoden zu.

»Die Zeitung weiß es, weil der Staatsanwalt es ihnen erzählt hat. Neben dem Artikel war ein Bild von Mister Traddles abgedruckt. Er sieht verflucht gut aus, unser Staatsanwalt.«

»Recht hast du. Meine Frau schwärmt ein wenig für ihn. Du kennst ja meine Mary.« Der eine knufft den anderen in die Seite.

Vor dem Schaufenster stößt Algernon einen Seufzer aus: Wenn nur Belle in diesem Moment hier sein könnte, um zu hören, was die Leute über ihn sagen! Alle Welt ist von ihm begeistert, die Frauen schwärmen für ihn, nur Belle gibt sich weiterhin verschlossen und will sein Werben nicht erhören.

»Gott schütze Mister Traddles«, sagt der eine Freund. »Er hat einem unschuldigen Mädchen das Leben gerettet.«

Seelisch beflügelt lässt Algernon die Auslage hinter sich und eilt das letzte Stück zu McBeans Haus weiter. Normalerweise steht der Gaul des Doktors angeschirrt vor dem Tor, doch heute sieht die Praxis merkwürdig verwaist aus.

»Guten Morgen, Doc, guten Morgen, Belle!«, ruft Traddles und sieht sich um. »Wo sind Sie beide denn?« Als er den Behandlungsraum betritt, hält er sich die Nase zu. »Gott, was für ein Gestank!«

Wieso kann der Kurpfuscher seinen Arbeitsplatz nicht

sauber halten? Federvieh, Paarhufer, Kaninchen, sogar ein Rabe mit gebrochener Schwinge, alles kreucht und fleucht auf engem Raum beieinander. Wie will der Doktor da den Überblick behalten? Doch Algernon ist am alten McBean gar nicht interessiert, er sucht Belle. Er möchte sie aus diesem Schweinestall hinaus in einen Teesalon führen und ihr die neueste Ausgabe des *Scotsman* vorlegen, auf dessen Titelseite Algernons Bild prangt.

»Belle, mein Mädchen! Wo bist du denn?«

Er läuft die Treppe hoch und bleibt auf dem oberen Absatz erschrocken stehen. Dort liegt Doktor McBean angekleidet auf der Ottomane. Von seinem Gesicht ist fast nichts zu erkennen, es verschwindet förmlich unter einem Kopfverband.

»Um Himmels willen, was ist geschehen?«, ruft der Staatsanwalt.

»Es war ein ... Unfall«, stammelt der alte Mann.

»Es sieht aber eher aus, als ob Sie mit dem Kopf in eine Sägemühle geraten wären.« Als Algernon sich zu dem Alten beugt, riecht er Schnapsfusel. Der Doc hat also wieder gesoffen. Kein Wunder, wenn er in seinem Zustand verunglückt. »Also: Was ist passiert?«

»Ich wurde ... Mich hat ...«

»Heraus mit der Sprache.«

»Unser Pferd ... Snooky hat verrücktgespielt. Als ich mir ein lockeres Hufeisen bei ihm ansehen wollte, hat er mit voller Wucht ausgetreten.«

»Mitten ins Gesicht?« Obwohl ihm der Doktor leidtut, muss Algernon grinsen. Wie dämlich kann sich ein Tierarzt anstellen? Jedermann weiß doch, dass man den Hinterhufen eines Gauls nicht zu nahe kommt. »Hat Belle Sie verarztet?« Er lässt seinen Blick in die Runde schweifen. »Wo ist sie übrigens? Ist sie gut aus Balmoral zurückgekommen?«

»Nein, Belle ist nicht hier. Ich habe mich selbst verbunden«, antwortet McBean hastig.

»Wann kommt sie wieder?«

»Das ist schwer zu sagen.« Der kranke Mann windet sich auf der Ottomane. »Sie ist ... zu meiner Schwester Myrtle-Mae gefahren. Die Arme wurde plötzlich krank.«

»Ach. Das kommt recht unpassend«, erwidert Algernon enttäuscht. »Ich will Ihrer Tochter nämlich etwas zeigen, etwas von größter Wichtigkeit. Wo wohnt denn Ihre Schwester?«

»Weit weg«, beeilt McBean sich zu sagen. »Sie lebt in Falkirk.«

»Dorthin muss Belle fast einen Tag unterwegs gewesen sein.«

»Stimmt.« Der Verwundete nickt.

»Ich habe Sie aber doch vorgestern nach Balmoral fahren sehen. Da war von einem Besuch bei einer Tante nicht die Rede.«

»So? Ja, ich weiß auch nicht ...« McBean schluckt. »Sie ist ... Ja, sie ist noch gar nicht dort eingetroffen. Sie ist erst heute losgefahren.«

»Merkwürdig.« Als Staatsanwalt zeichnet sich Algernon Traddles durch Scharfsinn und Kombinationsgabe aus. Etwas ist faul an der Geschichte des Alten. Versucht Belle etwa, mir aus dem Weg zu gehen?, überlegt Traddles und nimmt sich vor, die Sache mit der kranken Tante zu überprüfen. »Haben Sie übrigens den Bericht über mich in der Zeitung gelesen?«, fragt er gönnerhaft.

»Nein, ich ... kam noch nicht dazu«, antwortet McBean verwirrt.

»Am besten, ich lasse Ihnen ein Exemplar des *Scotsman* da. Ich habe noch genug davon.« Der Staatsanwalt legt das Blatt auf den Tisch. »Ich werde mich bald wieder nach Belle erkundigen«, sagt er mit dem Unterton eines Ermittlers.

»Das freut sie bestimmt«, haucht der Doktor.

In seinem Frühlingsanzug eilt Algernon aus dem Haus des Tierarztes und lässt einen zutiefst verzweifelten Mann zurück. McBean hat nicht die geringste Idee, wie er seinem armen Kind helfen soll. Und da der Doktor so ratlos und verängstigt ist, fasst er unter das Kopfkissen und zieht die Flasche mit dem Gin hervor. Seit er von der schwarzen Kutsche, die ihn aus Kinord Castle fortbrachte, vor seinem Haus abgesetzt worden war, hat er nicht mehr aufgehört zu zittern. Mit letzter Kraft setzt er die Flasche an den Mund.

8

Belle rennt. Ihr Herz rast, verzweifelte Gedanken schießen in ihr hin und her. Was hat sie nur verbrochen? Was hat sie getan, um solch eine Wut heraufzubeschwören? Sie nimmt zwei Stufen auf einmal, hetzt durch die umlaufende Galerie und will das schmale Treppenhaus erreichen, das in den Turm hinaufführt. Es ist ihr letzter, ihr einziger Zufluchtsort.

Als Belle sich freiwillig in die Gefangenschaft des Schlossherrn begab, stellte sie ihm eine einzige Bedingung, die er zu ihrer Überraschung sofort akzeptierte: Sie wollte ein eigenes Zimmer, das nur ihr zur Verfügung stehen sollte, einen Raum, in den er ihr nicht folgen dürfe. Das Wesen wies ihr daraufhin den kleinen Mittelturm auf Kinord Castle zu. War es Zufall oder Fügung? Wie zu Hause in Aberdeen wurde ein Turmzimmer zu Belles Rückzugsort.

Überhaupt fing ihre Kerkerschaft nicht übel an. Das Geschöpf gab sich Mühe, sie nicht als Gefangene, sondern wie einen Gast zu behandeln. Inmitten der Düsternis und der Traurigkeit, die gleich einem Nebel über dem Schloss lagen, tauchten schon am ersten Tag kleine Annehmlichkeiten auf. Porzellan und Silberbesteck, auch einen reich verzierten Kerzenleuchter fand Belle auf der Tafel im großen Saal, an die sie sich zum Essen setzte. Miss Morphed servierte ihr ein scharf gewürztes Fleischgericht, Belle wagte nicht zu fragen, wie es zubereitet worden sei. Wie es schien, war die exotisch anmutende Frau die einzige Bedienstete im Schloss, Belle konnte sonst keine Menschenseele entdecken.

Während jener ersten Mahlzeit saß sie allein bei Tisch, und doch hatte sie den Eindruck, dass sie vom Hausherrn aus irgendeiner geheimen Nische beobachtet wurde. Als sie auf ihr Turmzimmer zurückkehrte, hatte man das Bett bezogen, ein indischer Seidenteppich lag auf dem Boden, es war unübersehbar, dass ihr der Aufenthalt angenehm gemacht werden sollte. Doch was half das gegen ihre Angst, gegen ihre Verzagtheit und die sich langsam dahinschleppende Zeit, die für sie keine Freiheit, sondern reine Qual bedeutete?

Zu Hause hatte Belle von früh bis spät damit zu tun, die Tiere in der Praxis zu versorgen. Sie fütterte, verarztete, beruhigte ihre Schützlinge und machte deren Mist weg. Manchmal musste sie ihrem Vater dabei helfen, ein krankes Tier einzuschläfern, manchmal brachte sie ein junges auf die Welt. Tiere bestimmten Belles Tag und ihre Nacht. Auf Kinord Castle aber hat Belle noch keine einzige lebende Kreatur entdeckt. Wenn sich die Natur ein altes Gemäuer zurückerobert, leben darin Spinnen und Schnecken, Fledermäuse, Ratten, Mäuse und Schlangen, Vögel brüten in den Mauern, Igel und Marder verbergen sich darin. Kinord Castle aber ist scheinbar von jeglichem Getier verlassen. Belle hegt bisweilen sogar die Befürchtung, der Schlossherr hätte alle Tiere aufgefressen, doch sie verdrängt diese schreckliche Vorstellung gleich wieder.

Reden kann sie mit niemandem, denn Miss Morphed ist wortkarg und beantwortet nur die allernötigsten Fragen. Belle will hundert Dinge über das Schicksal des Tiermenschen erfahren, doch er lässt sich nicht blicken. Und selbst wenn er es täte – wäre sie mutig genug, ihn zu fragen, wie sein Name ist und wieso er in dieser bemitleidenswerten Gestalt erscheint? Ist es eine heimtückische Krankheit, an der er leidet, oder eine Missbildung, die ihn seit seiner Geburt begleitet?

Dass dieser Mann ein Fabelwesen sein könnte, ein Each Uisges, wie Belle zwischendurch angenommen hatte, will sie nun nicht mehr glauben. Er mag eine unberechenbare, gewalttätige Bestie sein, doch eines hat Belle von den Tieren gelernt: Gewalt und Aggression entstehen immer durch Schmerz. Es kann ein simpler Schmerz sein, wenn etwa ein Dorn in die Pfote eines Hundes eindringt, es mag aber auch ein Leid der Seele sein, ein Schmerz, der im Innersten frisst. So eine Kreatur, da ist sich Belle fast sicher, muss der Herr von Kinord Castle sein.

Vor wenigen Minuten hat er es ihr bewiesen. Belle ist nicht zum ersten Mal durch die Räume des Schlosses gewandert, hat verblassende Schönheit und um sich greifenden Verfall betrachtet. Während einem ihrer ersten Streifzüge hat sie die Bibliothek entdeckt. Das war ein großes Glück für sie, denn neben den Tieren liebt sie nichts so sehr wie Bücher. In einer nüchternen Stadt wie Aberdeen bedeuten sie die einzige sinnvolle Ablenkung und die Möglichkeit, sich ein eigenes Reich der Fantasie zu erschaffen. Auch wenn Belle bald merkte, dass viele der Bücher nur Verwaltungsakten sind, Register, in denen die wirtschaftlichen Vorgänge auf

Kinord eingetragen werden, gibt es auch Bücher mit Geschichten und Werke über fremde Länder und Menschen. Belle schmökerte hier und da und legte sich Bücher zurecht, die sie auf ihr Zimmer mitnehmen und lesen wollte, als ihr plötzlich ein Band in die Hände fiel, der Indien, den riesigen Subkontinent, zum Inhalt hatte. Das Buch war abgegriffen, es schien hundertfach gelesen worden zu sein. An den Rändern fand Belle zahllose Notizen, die jedoch in einer so ungelenken Schrift geschrieben worden sind, dass sie nichts davon entziffern konnte. Das Buch befasste sich mit indischen Religionen, mit Schamanentum und Magie. Belle fand es nicht sonderlich interessant und wollte es gerade beiseitelegen, als sie mit unsagbarer Gewalt angegriffen wurde.

Das Tier stand vor ihr, die Bestie, der Hausherr. Sprachlos vor Wut brüllte er sie an, riss das Buch aus ihrer Hand und brachte Belle durch einen einzigen Schlag seiner Pranke zu Fall. Sie stürzte auf die Steinfliesen und schlitterte die halbe Bibliothek entlang. An ihrer Stirn fühlte sie Blut. Sie wollte wissen, was sie verbrochen hätte, doch die Bestie ließ sie nicht zu Wort kommen. Sein Gebrüll hallte von den Wänden wider, seine stampfenden Schritte näherten sich ihr schon wieder. Da entschloss sich Belle zur Flucht.

Immer noch rennt Belle vor ihm davon, ihr Herz schlägt zum Zerspringen. Hinter sich hört sie seine Schritte, das Keuchen und Schnauben, hört Gegenstände, die der Schlossherr auf der Jagd nach ihr beiseitestößt. Der Sturm seiner Wut ist losgelassen und er ist hemmungsloser als jede Urgewalt, der Belle je ausgeliefert war.

Belles Kräfte lassen nach. Sie ist allein mit einer wütenden

Kreatur in einem verwaisten Schloss. Im Laufen wendet sie sich um. Er ist ihr auf den Fersen. Sie schreit und strauchelt, verliert das Gleichgewicht und fällt hin. Mit letzter Kraft rappelt sie sich auf, doch es ist zu spät. Sein feuriger Atem fährt sie an, seine Pranken packen sie, Belle sieht die messerscharfe Klaue vor ihren Augen, Todesangst umfasst sie. Die Bewusstlosigkeit ist eine sanfte Rettung, Belle lässt sich in diese Ohnmacht fallen. Zuletzt vernimmt sie noch ein Fauchen, als ihr Peiniger seinen Atem über ihr ausströmen lässt.

* * *

Belle kommt unsanft wieder zu sich. Es beginnt in der Nase, führt in die Tiefe und kommt von dort eruptionsartig an die Oberfläche zurück: ein heftiges, wiederholtes Niesen.

Was ist das? Wo ist sie? Wo hat man sie hingebracht? Rund um Belle herrscht Dunkelheit. Eben war noch Nachmittag, woher rührt also die Finsternis? War sie so lange ohne Bewusstsein oder hat der Unhold sie wieder in den Kerker geschleppt?

Umrisse zeichnen sich um sie herum ab, Gegenstände sind zu erahnen. Wenn Belle sich nicht täuscht, liegt sie auf ihrem eigenen Bett im Turmzimmer. Hat *er* sie hierhergeschafft? Ist er noch da? Lauert er etwa in der Dunkelheit, um über sie herzufallen?

Plötzlich fühlt Belle einen Pelz, so dick, dass es eher schon ein Fell ist. Belle erschrickt namenlos. Wer macht sich da an ihr zu schaffen? Ist *er* es? Hat er sie ins Bett gebracht, um sich an ihr zu vergehen? Ist das tiefe Knurren sein Atem, der sich ihr nähert? Nein, das Wesen, das ihr im Bett gegenübersitzt, kann nicht der Tiermensch sein, es ist bei Weitem kleiner. Und doch spürt Belle Gefahr und Wildheit von ihm ausgehen. Sie will Licht machen und erkennt, dass jemand die Vorhänge zugezogen hat.

In ihrer unmittelbaren Nähe streckt sich das unbekannte Geschöpf und fährt die Krallen aus. Gibt es auf diesem Schloss denn nur gewalttätige Kreaturen?, denkt Belle.

Sie muss schon wieder niesen, gleich mehrmals hintereinander. Und plötzlich glaubt sie zu wissen, was sich in ihre Nähe geschlichen hat. Unter den vielen Tieren, die Doktor McBean behandelt, gibt es eine Spezies, gegen die Belle allergisch ist: Katzen. Obwohl die geheimnisvolle Kreatur im Bett sie ängstigt, wird Belle von Freude erfasst. Es gibt also doch ein lebendes Tier auf diesem tot geglaubten Schloss: eine Katze! Belle streckt die Hand aus und will sie streicheln, da wird sie von einem wilden Fauchen begrüßt.

»Entschuldige, ich wollte dich nicht erschrecken. Bist du denn so scheu?« Vorsichtiger nähert Belle ihre Hand ein zweites Mal. »Ich tue dir nichts. Ich will deine Freundin sein.«

Das Fauchen weicht einem Knurren. Das ist ein ziemlich ausgewachsenes Kätzchen, ein Kater wahrscheinlich, und so schwarz, dass er auf dem dunklen Überbett kaum auszumachen ist. Belle rutscht auf den Bauch und schiebt ihr Gesicht vorsichtig an das Tier heran. Ein funkelndes Gelb taucht vor ihr auf. Das sind Katzenaugen, wie sie noch keine gesehen hat.

»Komm ein bisschen näher.«

Belle trifft ein Atemhauch, der sie zögern lässt. Das ist ein scharfer Geruch, als ob die Katze gerade Fleisch gefressen hätte. Vielleicht ist sie ein gezähmtes Tier der Wildnis. Früher hat man in den Highlands manchmal Luchse gesehen. »Was bist du bloß für ein Kätzchen?«

Das nächste Fauchen fällt so heftig aus, dass Belle mit einem Schrei aus dem Bett springt und den Vorhang zurückzieht. Das graue Licht der Abenddämmerung fällt ins Zimmer. Auf ihrem Bett sitzt ein Panther. Eine ausgewachsene Raubkatze, die knurrend ins Tageslicht blinzelt.

»Was ist auf diesem verdammten Schloss nur los?« Der Schock lässt Belle stockstill stehen. »Zuerst ein Tiermensch, dann eine geheimnisvolle Haushälterin und jetzt auch noch ein Panther!«

Anders als erwartet, setzt sich das Tier ganz manierlich hin, gesittet wie eine Hauskatze spitzt es die Ohren.

Mit einer vorsichtigen Bewegung streicht Belle ihr Haar aus der Stirn. Dabei fasst sie unabsichtlich an die Wunde, die der Schlossherr ihr beigebracht hat. Es schmerzt, doch das Blut ist schon getrocknet. »Wer ist dein Herr?«, fragt sie den Panther.Wenn in einem verfallenen Schloss ein Wesen, halb Tier, halb Mensch existiert, wenn im schottischen Hochmoor ein Panther auftaucht, dann ist es vielleicht auch denkbar, dass Tiere sprechen können. »Was ist das für ein Ort?«

Der Panther lauscht, doch eine Antwort gibt er nicht. Er streckt sich und fängt im nächsten Moment zu schnurren an.

»Trotz deiner Wildheit scheinst du ein freundliches Tier zu sein.« Belle traut sich etwas näher. »Hat dein Herr dich zu mir ins Zimmer gelassen? Sollst du auf mich aufpassen? Weshalb hat er mich halb zu Tode gehetzt? Wodurch habe ich seinen Zorn hervorgerufen?« Schritt für Schritt nähert sich

Belle der Raubkatze. »Weißt du, was ich glaube? Ich glaube, es hat mit diesem Buch zu tun, das ich in der Bibliothek gefunden habe. Das Buch über Indien.« Vor dem Bett geht Belle auf die Knie. »Überhaupt komme ich allmählich dahinter, dass hier das meiste mit Indien zu tun hat. Diese Frau zum Beispiel, Miss Morphed, sie stammt wahrscheinlich von dort. Ihr exotisches Gewand habe ich schon auf Bildern über Indien gesehen. Und auch du, mein Guter, wurdest bestimmt nicht in Schottland geboren. Ich habe aber schon einiges über indische Panther gelesen. Der Herr dieses Schlosses scheint also eine besondere Beziehung zu diesem Land zu haben.«

Der Panther fährt sich mit seiner rosa Zunge übers Maul. Es kostet Belle einigen Mut, sich neben ihn aufs Bett zu setzen.

»Ich muss herauskriegen, was es mit dem Buch auf sich hat. Wie wär's, willst du mir helfen, das Geheimnis zu lüften?« Eindringlich sieht Belle die Katze an. Sie weiß, dass man Wildtieren nicht direkt in die Augen schauen soll. Doch das schwarze Biest knurrt nur leise, hebt die Tatze und legt sie auf Belles Schoß.

»Du willst mir also helfen?« Behutsam streichelt sie die samtweiche Pfote. »Dazu müssen wir als Erstes in die Bibliothek zurück. Begleitest du mich?«

Belle steht auf und durchquert das Turmzimmer. »Unser jähzorniger Hausherr darf nicht glauben, nur weil er stärker ist, lasse ich mir alles gefallen.« Sie öffnet die Tür. »Was ist, kommst du?«

Während der Panther sich vom Bett erhebt und mit einem gewaltigen Satz über die Schwelle springt, überlegt Belle, dass sie ihm eigentlich einen Namen geben sollte. Sie kann ihn schließlich nicht nur *Panther* nennen.

»Dein wirklicher Name ist bestimmt exotischer«, sagt sie, »aber ich würde dich gern *Lennox* nennen. Ich habe mir schon immer einen Freund gewünscht, der Lennox heißt.« Belle schließt hinter sich die Tür und folgt dem Panther.

9

»Balmoral ist, wie Sie wissen, Privatbesitz der Königin.« Der Lordkämmerer von Queen Victoria trägt die Krawatte doppelt gebunden, was seinen Hals zu einem Kropf aufbläht. Ein blauer Orden prangt auf seiner Brust.

Algernon Traddles ist sich des besonderen Augenblicks bewusst. In wenigen Minuten wird er seiner Königin gegenübertreten. »Ich werde selbstverständlich mit dem nötigen Fingerspitzengefühl zu Werke gehen, Mylord«, antwortet er dem Lordkämmerer.

»Und Sie verstehen unter Fingerspitzengefühl, dass Sie auf dem privaten Grund und Boden Ihrer Majestät Untersuchungen anstellen wollen?«

»Nennen wir es lieber einen Lokalaugenschein«, beeilt sich Algernon zu sagen. »Es ist leider eine Tatsache, dass der Mädchenmörder auf seiner Flucht Richtung Balmoral geritten ist.«

»Die Ländereien Ihrer Majestät erstrecken sich über mehrere Tausend Morgen. Wie sollte so ein Lokalaugenschein denn vonstattengehen?«

»Ich würde zunächst im Umkreis des Schlosses beginnen.«

»Sie wollen mit Ihren Beamten in den Privatbereich Ihrer Majestät hineintrampeln?« Die Wangen des Kämmerers beben vor Entrüstung. »Trottelige Dorfpolizisten sollen die Gemächer der Königin durchschnüffeln?«

Algernon ist verwirrt. Als Held und Retter wollte er nach Balmoral kommen und seiner Queen beweisen, dass ihm nicht nur die Sicherheit des Staates, sondern vor allem Victorias Wohlergehen am Herzen liegt. Beschützen will er seine Königin und sie beileibe nicht belästigen. Doch der Lordkämmerer scheint die ganze Sache in den falschen Hals gekriegt zu haben. Algernon wechselt daher die Tonlage. »Wird die Königin bei unserer Unterredung denn nicht zugegen sein?«, fragt er vorsichtig.

»Eine Lappalie wie diese ist nichts für die Ohren Ihrer Majestät.« Der Kämmerer unterstreicht seine Sätze mit der nötigen Herablassung.

Algernon weiß die Demütigung zu parieren. »Ein Mörder geht in dieser Gegend um, Sir. Ein Unhold. Eine unmenschliche, *tierische* Kreatur, die junge Mädchen grausam tötet und sich an ihnen auf das Blutigste vergeht. Dieses Monster schreckt vor nichts zurück. Es kümmert ihn auch nicht, dass er seine Taten auf dem Grund und Boden Ihrer Majestät begeht.«

»Besudeln Sie die Räume der Königin nicht mit Einzelheiten solch grausiger Natur«, fällt ihm der Lordkämmerer ins Wort.

»Wäre es nicht noch schlimmer, wenn diese Räume tatsächlich besudelt würden? Wenn der Mörder im Schloss oder in den weitläufigen Nebengebäuden des Schlosses vielleicht sogar Unterschlupf fände?«

»Halten Sie das für möglich?«, fragt der Beamte schockiert.

»Nach den vorliegenden Zeugenaussagen kann ich es nicht ausschließen.«

»Großer Gott.«Der Lordkämmerer nestelt an seiner Krawatte. »Ich kann trotzdem nicht erlauben, dass Sie und Ihre Polizisten hier herumschnüffeln. Wieso warten Sie nicht, bis die Königin Schottland verlassen hat, um zu den Feierlichkeiten anlässlich ihrer Krönung zur Kaiserin von Indien zu reisen? Dann ließe sich das einfacher arrangieren.«

»Ich kann nicht warten«, entgegnet Algernon ernst. »Auch der Mörder wartet nicht. Während wir uns hier unterhalten, sucht er sich wahrscheinlich schon sein nächstes Opfer aus. Es könnte eine Küchenmagd oder eine Kammerzofe dieses Schlosses sein. Was wäre schlimmer: eine Untersuchung auf Balmoral oder wenn das Blut eines unschuldigen Mädchens in diesen Mauern vergossen würde?«

In das Schweigen des anderen hinein fährt Traddles fort: »Warum lassen wir die Königin nicht selbst entscheiden? Ich bin der Staatsanwalt Ihrer Majestät und bitte untertänigst, zu meiner obersten Dienstherrin vorgelassen zu werden.«

* * *

Es ist Abend. Das Schloss hat sich verdunkelt. Die wenigen Sonnenstrahlen, die sich tagsüber in sein Inneres verirrten, sind erloschen. Zum zweiten Mal hat Belle sich in die Bibliothek geschlichen, doch diesmal will sie sich nicht überrumpeln lassen: Sie hat einen Stuhl an die Tür gelehnt. Sollte der Hausherr hereinkommen, würde der Stuhl umkippen und sie warnen.

Ein Panther kann nicht lesen. Das ist nicht überraschend und doch bedauerlich, denn Belle wüsste allzu gern, was die Katze so Besonderes an den wunderbaren alten Büchern findet. Seit sie die Bibliothek betreten haben, legt ihr neuer Freund eine besondere Lebendigkeit an den Tag.

»Was hast du, Lennox?«, fragt sie mit wachsender Neugier.

Geschmeidig schleicht die Raubkatze von einer Bücherwand zur nächsten und springt auf die fahrbare Treppe, über die man zu den höchsten Regalen gelangt. Auf leisen Tatzen läuft er die Stufen hoch, schnuppert an den Buchrücken und kehrt mit einem gewaltigen Satz zu Boden zurück.

»Hier drin ist etwas, das du kennst, habe ich recht?«

Lennox wendet den Kopf und sieht sie auffordernd an.

»Was ist es? Was verbirgt sich hier?«

Der Panther legt die Tatze auf ein Buch, das zu Boden gefallen ist.

»Hast du schon etwas gefunden?« Belle begutachtet den dicken Wälzer. »Das ist ein Buch über Kriegsführung«, sagt sie enttäuscht. »Uniformen und Fahnen, Aufmarschpläne für die Infanterie. Ich weiß wirklich nicht, wie uns das weiterbingen soll.«

Der Panther schleicht weiter an den Regalen entlang.

»Warte, nein.« Sie läuft ihm nach. »Hier gibt es viel zu viele Bücher, als dass wir wahllos eins nach dem anderen herausgreifen könnten. Wir müssen systematisch vorgehen.«

Belle kehrt zu dem Regal zurück, vor dem sie vom Schlossherrn überrascht und angegriffen wurde. »Ich will dir jenes besondere Buch zeigen, das von Indien handelt. Es ist kein Reiseführer, sondern ein Werk über den Glauben. Schamanen und Zauberer kommen darin vor und an den Rändern hat es unzählige Notizen. Jemand hat sich beim Lesen Hunderte Gedanken notiert.«

Mit erhobenem Zeigefinger sucht Belle die Regale ab, von oben nach unten. Nach einer Weile hält sie enttäuscht inne. »Ich kann es nicht mehr finden. Er hat es scheinbar nicht ins Regal zurückgestellt, sondern mitgenommen.«

Auf geschmeidigen Tatzen kommt der Panther näher. Belle sinkt vor ihm in die Hocke. »Dieses Buch muss eine außergewöhnliche Bedeutung für den Hausherrn haben, der hier in dieser schrecklichen Einsamkeit haust.« Entmutigt schüttelt sie den Kopf. »Ich weiß nicht weiter, Lennox. Anscheinend gibt es in diesem Schloss geheime Räume, deren Türen versteckt sind. Wo sind sie? Wo hält sich dein Herr tagsüber auf? Miss Morphed mag ich darauf nicht ansprechen. Sag du es mir.«

Kaum hat Belle es ausgesprochen, wird ihr klamm zumute: Hat sie wirklich vor, dem Geschöpf, das sie durch das Schloss gejagt und blutig geschlagen hat, heimlich nachzuspüren? Bewusstlos war sie und verwundet, er aber hat sie ihrem Schicksal überlassen. Er hat sogar noch Schlimmeres getan, er hat ein Raubtier auf sie losgelassen. Und diesem Mann, oder was immer er ist, will Belle in seine Räume folgen? Sollte sie nicht einfach auf schnellstem Weg den Ausgang suchen und Kinord Castle auf Nimmerwiedersehen verlassen?

Das kann ich nicht, denkt sie. Ich darf es nicht. Ich habe einen Schwur geleistet, freiwillig auf diesem Schloss zu bleiben, damit mein Vater freigelassen wurde. Andererseits – dieser Schwur kam unter Druck zustande. Wer sollte in dieser gottverlassenen Gegend schon etwas dagegen haben, falls ich mein Versprechen brechen würde?

Gott, denkt sie und erschauert. Gott weiß, was ich gelobt habe. Er kennt den tieferen Sinn, weshalb ich in die Gewalt dieses Wesens geraten bin. Wenn er mir eine solche Aufgabe übertragen hat, wird er mir auch die Kraft geben, sie zu meistern.

Sie streichelt das weiche Fell des Panthers, der neben ihr sitzt. Zugleich fühlt Belle wieder eine kleine Explosion in sich hochsteigen. Sie muss niesen und lacht. »Auch wenn du mein Freund bist, bin ich trotzdem allergisch gegen dich.«

Die Augen der Raubkatze verengen sich, ihre Schnurrbarthaare zittern.

»Zeig mir, wo dein Herr ist«, wiederholt Belle. »Ich muss zu ihm. Nur dort kann ich das Rätsel lösen.«

Der Panther läuft zur Tür und schlüpft aus der Bibliothek, ohne den angelehnten Stuhl auch nur zu berühren. Belle schlägt ein Kreuz und folgt ihrem neuen Gefährten.

10

»Du bist ein schlechter Vater! Ein Feigling bist du! Ich hasse dich!«

Voll Abscheu streckt Doktor McBean seinem Spiegelbild die Zunge heraus. Eine belegte Zunge, von der er als Mediziner ablesen kann, dass es dem Besitzer dieser Zunge miserabel geht. Seine Verletzungen verheilen schlecht. Die Schmerzen sind so stark, dass er sie in Gin ertränken muss. Doch der Doktor fühlt sich vor allem deshalb so miserabel, weil er es nicht erträgt, in seinem gemütlichen, warmen Haus zu sitzen, während sein einziges Kind in einem eisigen Kerker schmachten muss.

»Wie konntest du dich bloß darauf einlassen?«, fragt er sein Spiegelbild. »Du bist alt und nutzlos, dein Leben ist vorbei. Wieso hast du Belle an diesem Schreckensort zurückgelassen? Sie ist jung und liebenswert, ihr ganzes Leben liegt noch vor ihr. Und du hast sie dem Untergang preisgegeben. Das Monster auf Kinord Castle wird sie töten. Er wird mein geliebtes Mädchen umbringen!«

Wie erstarrt schaut McBean in seine rot unterlaufenen Augen. Was hat er da gerade gesagt?

»Er wird mein Mädchen umbringen«, flüstert er. »Meine einzige Tochter.«

McBean schluckt. Gibt es nicht tatsächlich jemanden, der in letzter Zeit Mädchen umbringt, und zwar in ebendieser Gegend? Der Gedanke überfällt den Doktor so siedend heiß, dass er sich an der Stuhllehne festhalten muss.

»Belle ist dem Mädchenmörder in die Hände gefallen«, flüstert er. Anders kann es gar nicht sein! Denn obwohl die Polizei die Grafschaft seit Wochen durchkämmt, obwohl Staatsanwalt Traddles alle Kräfte mobilisiert, den Täter zu fassen, scheint der Unhold sich jedes Mal in Luft aufzulösen.

»Der Mörder versteckt sich auf Kinord Castle«, murmelt McBean. »Dort ist sein Zufluchtsort. Und niemand wird ihn finden, denn die Ruine liegt auf den Ländereien der Königin. Auf das private Anwesen von Balmoral darf die Polizei ihren Fuß nicht setzen. Es scheint gerade so, als ob der Mörder von der Königin persönlich beschützt würde.« McBean blickt sich im Spiegel an und schüttelt den Kopf. »Nein, unsere Queen weiß bestimmt nichts davon.«

Und wenn doch? Was wäre, wenn der Tiermensch, der Mädchen ermordet, kein x-beliebiger Mann aus Aberdeen ist, sondern ein Adeliger, möglicherweise eine hochgestellte Persönlichkeit? Erschrocken legt McBean die Hand auf seinen Mund.

»Weshalb sollte die Queen ihm sonst Unterschlupf gewähren? Weshalb duldet sie ihn in ihrer Nähe?«

Mehr und mehr wächst in McBean die Überzeugung, dass er einem schrecklichen Geheimnis auf die Spur gekommen ist. Ein Geheimnis, an dessen Lösung niemand mehr interessiert ist als Algernon Traddles. Der Staatsanwalt zeigt aufrichtige Zuneigung für Belle, zugleich ist er dem mysteriösen Mädchenmörder auf der Spur. Zwei zwingende Gründe, weshalb Mr Traddles die Wahrheit erfahren sollte.

»Darf ich das tun?«, wimmert McBean sein Spiegelbild an. »Wenn ich Traddles informiere, rückt ein riesiges Polizeiaufgebot gegen Kinord Castle vor. Dann ist Belle verloren. Dann weiß das Monster, dass ich mein Wort gebrochen habe, und wird mein Kind umbringen, bevor er dingfest gemacht wird. Also muss ich schweigen!«

Ich darf nicht schweigen, denkt McBean und fährt sich mit der Zunge über die Lippen. Wenn er bloß einen einzigen Tropfen zu trinken hätte! Dann könnte er besser nachdenken und die richtige Entscheidung treffen. Den ganzen Abend über hing er bereits an der Ginflasche, jetzt ist sie leer. Es ist fast Mitternacht und er hat nichts mehr zu trinken.

»Nur ein Gläschen«, flüstert er und denkt daran, dass das *Bloody Eagle* unten am Hafen bis zum Morgengrauen geöffnet hat. Eine üble Spelunke, Verbrecher und Zuhälter treiben sich dort herum, aber der Gin fließt in Strömen.

Schon hat McBean seinen Hut in der Hand und zieht den Mantel über. Beim Hinauseilen wirft er einen Blick auf seine Verletzungen. Kann er mit solchen Wunden denn unter Menschen gehen? Die Kerle im *Bloody Eagle* sind keine ehrbaren Menschen, beruhigt er sich, sie sind der allerletzte Abschaum der Gesellschaft. Denen ist es egal, wie jemand daherkommt.

In der Tür dreht McBean sich noch einmal um. »Seid schön brav, meine Lieblinge«, ruft er den Tieren in den Käfigen zu. Das operierte Kalb hebt den Kopf aus der Traufe, der alte Jagdhund stöhnt. Nur der Rabe auf dem Dachbalken sitzt in Freiheit da und betrachtet den Tierdoktor mit schief gelegtem Kopf. Von der benachbarten Kirche, St. Mary of the Assumption, schlägt es Mitternacht.

11

Es ist ein Kästchen, ein schimmernder, pechschwarzer Tabernakelschrank. Unzählige schwarze Perlen zieren seine Oberfläche, er muss eine wahre Kostbarkeit sein. Belle reckt sich auf die Zehenspitzen, um besser sehen zu können.

Plötzlich verändert sich das Licht, jemand tritt ein. Er ist es, der Tiermensch. Er trägt ein schleppendes Gewand von dunkelroter Farbe. Er schließt die Tür und steht da, müde und erschöpft, mit gesenktem Haupt. Was für ein Kopf! Die wuchtige Stirn, das verwilderte Haar, die Auswüchse der Hörner. Er wendet sich zum Tabernakelschrank und bedient den Mechanismus. Die Tür schwingt auf, dahinter leuchtet es. Belle will einen Blick ins Innere werfen, doch das Tierwesen tritt vor den Schrank und verdeckt ihn.

»Ich kann Sie sehen, Sir«, flüstert Belle. »Ich muss zwar durch einen magischen Spiegel schauen, um Sie zu sehen, trotzdem erkenne ich Sie klar und deutlich. Wollen Sie mich nicht zu sich in dieses sonderbare Zimmer einladen? Ich könnte Sie besuchen und wir trinken eine Tasse Tee zusammen.«

Der Mann im roten Umhang richtet sich vor dem Tabernakel auf. Etwas befindet sich in seiner Hand. Er dreht sich um und sieht Belle an. Ernste Augen sind auf sie gerichtet. Statt ihr zu antworten, hebt der Schlossherr den Arm. Das Ding, das er aus dem Schrank genommen hat, bewegt sich! Was ist das – eine Schlange? Sie windet sich um einen länglichen Gegenstand. Belle erschrickt: In der Hand des Schlossherrn leuchtet eine reich mit Perlen und dunkelroten Edelsteinen verzierte Waffe, um die sich eine Schlange windet. Es ist ein Dolch, wie man ihn in Schottland nicht findet. Diese Waffe kommt von weit, weit her.

»*Komm und höre meinen Geist*«, sagt eine Stimme, doch die Lippen des Schlossherrn haben sich nicht bewegt. Jemand anderes hat gesprochen, eine Stimme, die aus der Tiefe kommt, oder aus der Höhe. Wer könnte es sagen?

»*Komm und höre meinen Geist*«, wiederholt die Stimme.

»Wohin soll ich kommen?« Belle ist zumute, als ob ihre Kehle zusammengedrückt würde und sie ersticken müsste.

»*Komm*«, ruft die Stimme verführerisch.

»Wohin?«

Mit einem grässlichen Schrei fährt Belle vom Kissen hoch.

Fort ist das Wesen, fort der geheimnisvoll schimmernde Raum, fort auch der Tabernakelschrank. Alles ist verschwunden, Belle ist allein. Sie liegt in ihrem Zimmer und hat sich tief in die Kissen gewühlt. Benommen tut sie ein paar befreiende Atemzüge.

Es war nur ein Traum, begreift sie, dabei so wirklich und zum Greifen echt, dass sie es kaum fassen kann. Befände sich Belle nicht in ihrem Turm und schimmerte nicht der Mond zum Fenster herein, sie wäre sicher, dass sie soeben den Schlossherrn im blutroten Mantel gesehen hat. Aufrecht im

Bett sitzend, schüttelt Belle den Kopf. Ein verzierter Dolch, eine Schlange und diese unergründliche Stimme: Was hat das alles zu bedeuten?

Deine Nerven spielen dir einen Streich, denkt sie, das Ganze wird dir allmählich zu viel. Du solltest noch ein wenig schlafen. Sobald sich die Sonne zeigt, wirst du aufstehen, frühstücken und dir jenen seltsamen Spiegel ansehen, der dir im Traum erschienen ist und dir das verrückte, verzauberte Bild vorgegaukelt hat. Für alles gibt es eine logische Erklärung. Also muss es sie auch für das Wesen mit dem dunkelroten Umhang geben.

Belle spitzt die Ohren, da war etwas zu hören. Ein leises Ächzen: Im Schimmer des Mondlichts erkennt sie die Umrisse des Panthers auf dem Teppich. Lennox schläft.

In meinem Zimmer liegt ein Panther, denkt sie, in einem Turm, in einem verfallenen Schloss, mitten in der Nacht. Gibt es wirklich für *alles* eine Erklärung? Nachdenklich lässt sich Belle in die Kissen sinken.

12

»Ich weiß nichts, Mister Traddles, Sir!« Tom, der Lumpensammler, ist ein schmaler Kerl, so fahl und bleich, dass man ihn für einen Mehlwurm halten könnte. Tom wurde schon mehrmals wegen Diebstahls festgenommen. Er ist daran gewöhnt, auf der Polizeiwache zu sitzen und verhört zu werden. Doch diesmal hat Tom Angst. Denn heute Morgen führt nicht irgendein Polizist die Befragung, sondern der Staatsanwalt persönlich. Mr Traddles hat zu diesem Zweck den berüchtigten rothaarigen Sergeant hinzugezogen, der dafür verschrien ist, dass es ihm Spaß macht, die Delinquenten beim Verhör zu quälen.

»Mach das Maul auf, du nutzloses Stück Abfall«, knurrt der Rothaarige, seines Zeichens Algernons Assistent während der laufenden Ermittlungen.

»Ich weiß nicht das Geringste, Sir«, beharrt Tom.

»Wie du willst.« Der Sergeant hält die rechte Hand des Taschendiebes fest und wirft einen Blick zum Staatsanwalt. Mit übereinandergeschlagenen Beinen sitzt Algernon auf einem Blechstuhl. Er mustert den Gauner, seufzt und nickt dem Sergeant zu.

»Sag uns jetzt die Wahrheit.« Langsam beginnt der Polizist, zwei Finger des Delinquenten auseinanderzuspreizen.

»Aaah! Sie brechen mir die Knochen!«

»Das werde ich ganz bestimmt tun, wenn du mir nicht sofort sagst, was du weißt.« Der Sergeant dehnt weiter. Sehnen, Bänder und Gelenke werden aufs Äußerste gespannt.

»Hören Sie auf! Ich brauche meine Hände noch!«

»Wozu? Zum Stehlen?«, fragt Traddles.

»Nein, um meiner Arbeit nachzugehen, Sir. Sie kennen mich, ich bin Tom, der Lumpensammler.«

»Du bist Tom, der Dieb«, entgegnet Traddles. »Letzte Nacht warst du wieder auf Beutezug. Du hast gewiss eine Menge *eingesammelt*, aber bestimmt keine Lumpen.«

»Letzte Nacht?«, schreit Tom unter Schmerzen. »Das muss ein anderer gewesen sein, nicht ich! Ich kann es auch beweisen.«

»Na schön, beweise es.«

»Ich war im Bloody Eagle, unten im Hafen.«

»Das kann jeder behaupten.«

»Ich war wirklich dort. Alle haben mich gesehen, der Wirt, Joe, der Nachtwächter, Mary, die Kerzenmacherin ...«

»Das sind alles Lügner, Säufer und Taugenichtse, so wie du einer bist.« Unbeeindruckt schüttelt Algernon den Kopf. »Wenn du keine besseren Zeugen hast ...«

»Doch, ich habe einen: den alten McBean!«

Augenblicklich bedeutet Algernon dem Sergeant, seinen Griff zu lockern. »Doktor McBean?«

»Genau der.«

»Wie sah er aus?« Algernon stellt den Mann auf die Probe. »Kam er dir so vor wie immer?«

»Im Gegenteil.«

»Was heißt das?«

»Er sah aus, als ob er in eine Weinpresse geraten wäre. Alles zerschunden und zerschlagen und Wunden im Gesicht.«

»Wie es scheint, bist du Doc McBean wirklich begegnet«, nickt Algernon.

Ängstlich bringt der Dieb seine Hand in Sicherheit. »Das sag ich doch. Wir haben geredet und was getrunken. Der Alte hat ganz schön was weggeschluckt.«

»Worüber habt ihr geredet?« Der Staatsanwalt steht auf.

»Den Doktor quält etwas. Ich glaube, es quält ihn ganz fürchterlich.«

Algernon legt dem Gauner die Hand auf die Schulter. »Hör zu, Tom, wenn du mir Wort für Wort erzählst, was der Doktor sagte, kommst du diesmal vielleicht ungeschoren davon.«

»Das werde ich, Sir. Was wollen Sie wissen?«

»Was könnte es gewesen sein, das Doktor McBean so sehr peinigt, dass er trotz seiner Verletzungen in die Hafenkneipe kam?«

»Es hat mit seiner Tochter zu tun, glaube ich.«

»Mit Belle?« Algernon wird hellhörig.

»Genau, so heißt sie«, nickt der Dieb. »Dieser Belle ist angeblich etwas zugestoßen.«

»Ich hab's gewusst«, zischt Traddles. »Wo ist sie?«

»Das hat der Doc nicht gesagt. Er hat nur gefaselt, dass es da ein blutiges Geheimnis gibt.«

»Genauer!«

»Er hat wirres Zeug gemurmelt, das meiste habe ich nicht

verstanden. Einmal sagte er: *Die Königin muss es wissen, die Königin.* – Das waren seine Worte.«

»Die Queen?« Der Staatsanwalt und sein Assistent wechseln einen Blick. »Was weiß McBean von der Königin?«

»Wahrscheinlich gar nichts. Der Doc war sturzbesoffen. Ich habe seinem Gelalle keine besondere Aufmerksamkeit geschenkt.«

»Das genügt mir nicht.« Mit finsteren Augen beugt sich Algernon über den Delinquenten. »Noch einmal von vorn: Was hat Doktor McBean über die Queen gesagt? Wort für Wort.«

13

Früh am Morgen findet sich Belle an der Tafel im großen Saal des Schlosses ein. Der Tag ist verhangen, trübes Licht dringt durch die hochgelegenen Fenster. Einige davon sind eingeschlagen. An Belles Seite streicht der Panther durch den Saal.

In aller Ruhe serviert Miss Morphed das Frühstück. Wenn Belle angenommen hatte, die dunkelhäutige Frau würde über die Anwesenheit der Raubkatze erschrecken, hat sie sich getäuscht. Mit ruhigen Bewegungen stellt Miss Morphed eine Schüssel Porridge auf den Tisch. Als Belle davon kostet, schmeckt sie ein sonderbares Gewürz.

»Was ist das?« Sie hält den Löffel vor die Augen.

»Man nennt es Cassia«, antwortet die Haushälterin.

Belle kaut und überlegt sorgfältig, bevor sie die nächste Frage stellt. »Haben Sie dieses Gewürz aus Ihrer Heimat mitgebracht?«

»Meine Heimat ist hier.« Miss Morphed gießt Tee ein und reicht Belle die Tasse.

»In dieser zugigen Ruine sind Sie zu Hause?« Belle lacht. »Das ist schwer zu glauben.«

Statt zu antworten, setzt sich Miss Morphed ebenfalls zu Tisch und beginnt zu essen.

Belle gibt sich noch nicht geschlagen. »Kriegt Lennox nichts zu fressen?« Sie zeigt auf den Panther, der sich in einer Ecke des Raums zusammenkringelt.

»Wenn er Hunger hat, springt er ins Freie und jagt«, erwidert die Haushälterin.

Belle setzt ein ungläubiges Gesicht auf. »Ein Panther, der auf den Ländereien der Königin wildert? Haben die königlichen Jäger denn nie versucht, ihn abzuschießen?«

»Das können sie nicht.«

»Wieso nicht?«

»Er ist unsichtbar.«

Belle lässt den Löffel in die Schale fallen. »Was erzählen Sie da schon wieder?«

»Niemand außer dir hat ihn je zu Gesicht bekommen.«

»Ach, hören Sie doch auf!«, entgegnet Belle derber als beabsichtigt, um gegen ihre eigene Beklommenheit anzukämpfen. »Natürlich hat ihn noch nie jemand gesehen, weil sich nie eine Menschenseele hierherverirrt. Woher stammt dieser Panther, Miss Morphed? Wer hat ihn nach Schottland gebracht?«

»Ich darf dir nicht mehr sagen«, antwortet die Haushälterin leise. »Ich soll dir nur Gesellschaft leisten, sonst nichts.«

»Was nützt mir Ihre Gesellschaft, wenn Sie meine Fragen nicht beantworten?« Trotzig schiebt Belle die Schale von sich.

»Du bist klug, Belle. Du weißt längst mehr, als du wissen solltest.«

»Wenn ich angeblich so klug bin, müsste ich doch auch verstehen, was es mit diesem Spiegel auf sich hat.« Unvermittelt springt Belle auf, läuft durch den Saal und tritt vor den einzigen Spiegel dieses Raumes. Er ist mannshoch und wird von einem kostbaren Rahmen eingefasst. Belle tut einen Schritt nach links, einen nach rechts.

»Wieso kann ich mich nicht darin sehen?«

Wie sehr Belle sich auch dreht und wendet, es gelingt ihr nicht, die optische Täuschung zu durchschauen. Wie es scheint, ist die silbrige Scheibe in einem besonderen Winkel angebracht.

»Sagen Sie mir, was hier los ist«, bittet sie die Haushälterin.

Schweigend löffelt Miss Morphed ihr Porridge, als habe sie mit der ganzen Sache nichts zu tun.

Belle ist es leid, zum Narren gehalten zu werden. Der Einzige, der imstande ist, das Geheimnis zu lüften, ist der Hausherr persönlich. Belle tritt vor den Spiegel.

»Hallo, Sir!«, ruft sie. »Ich bin Gast in Ihrem Haus. Ich möchte auch so behandelt werden. Ich weiß, dass Sie hier irgendwo stecken. Zeigen Sie sich, damit wir miteinander reden können.«

Unbeantwortet hallen Belles Worte von den Mauern zurück.

»Ich weiß nicht einmal Ihren Namen, Sir! Wie soll ich Sie nennen? *Tiermensch* oder besser: *Bestie?*« Belle weiß, dass sie den Schlossherrn mit ihren Worten reizt, doch sie treibt das Spiel mit dem Feuer weiter. Sie breitet die Arme aus. »Zumindest benehmen Sie sich wie eine Bestie. Ich habe eine Wunde an der Stirn, meine Schulter ist geprellt und meine

Rippen dürften auch etwas abgekriegt haben. Wie sind Sie so geworden, wie Sie sind? Kein Mensch wird so geboren.«

War da ein Geräusch zu hören? Nähert sich jemand?

Belle beugt sich vor, ihr Gesicht berührt fast den Spiegel. »Weiß irgendjemand außer mir, dass sich ein Mensch wie Sie hier verborgen hält?«, fragt sie leise. »Sie können es mir ruhig sagen. Wem sollte ich Ihr Geheimnis schon verraten, da Sie mich von hier nicht fortlassen werden?«

Belle lauscht sekundenlang, doch wieder erhält sie keine Antwort. Sie hebt den Blick. Grau ist alles an diesem typisch schottischen Morgen, grau die Wände, grau auch der Tisch, sogar das Licht im Saal schimmert gräulich. Belles Traum von letzter Nacht dagegen war farbig, leuchtend und dabei merkwürdig real. Der Schlossherr in seinem dunkelroten Gewand, das perlenbesetzte Kästchen, der Dolch mit den Edelsteinen – es kommt ihr tatsächlich vor, als hätte sie im Traum die Wirklichkeit gesehen, während jetzt, bei Tageslicht, nur der matte Abglanz des Wirklichen zu erblicken ist.

»Ich will das nicht mehr! Hören Sie mich?« Belle schreit den Spiegel an, ohne ihr eigenes Spiegelbild zu erkennen. Unbeherrscht hebt sie die Faust und schlägt gegen das Glas. Der Spiegel bricht nicht, doch durch Belles Schlag gerät der Rahmen ins Wanken.

»Nein ... nein!« Sie will den Spiegel festhalten, doch er ist zu groß, zu mächtig. Seine Aufhängung beginnt zu schwingen. Kopfüber senkt sich der Spiegel auf Belle, die ihn auffängt und einige Sekunde in den Händen balanciert, bis sie sein Gewicht nicht länger tragen kann. Der Spiegel fällt ihr vor die Füße und zerbricht mit klirrendem Getöse.

Schuldbewusst starrt Belle auf das Unglück. Der Rahmen

ist verzogen, dazwischen liegen die Scherben hingestreut. Und in jeder sieht Belle ihr eigenes entsetztes Gesicht.

»Das wollte ich nicht«, stammelt sie. »Das tut mir leid.« Als sie sich zu den Scherben bückt, fühlt sie einen Luftzug, der durch ihr Haar streicht.

Etwas hat sich aufgetan. Was sie erblickt, könnte eine Nische sein, die hinter dem Spiegel verborgen lag. Bei genauerem Hinsehen wird ihr jedoch klar, dass es ein Eingang ist, ein Tor. Ein Tor, das Belle nie entdeckt hätte, wäre der Zorn nicht mit ihr durchgegangen. Sie dreht sich zu Miss Morphed um und fragt sich, ob diese einschreiten wird. Doch starr und aufrecht sitzt die Haushälterin da, als wäre jedes Leben aus ihr gewichen. Niemand hindert Belle daran, auf das Tor zuzugehen. Dahinter entdeckt sie eine steinerne Treppe. Sie setzt den Fuß auf die unterste Stufe.

»Lennox, kommst du mit?«

Diesmal folgt ihr der Panther nicht. Belle beginnt, die gewundene Treppe hochzusteigen.

14

Zögernd und neugierig, doch ohne Angst, steigt Belle höher, bis ihr Blick über den oberen Absatz fällt. Anders als in ihrem Traum ist hier oben alles hell und weit. Zahllose Lichter flackern, jedes einzelne leuchtet in einer kunstvoll geschmiedeten Laterne. Das Funkeln erstreckt sich bis in die Tiefe dieses Raumes. Belle entdeckt Teppiche, aber nicht die groben Vorleger aus Wolle und Filz, wie sie in schottischen Häusern liegen, sondern Teppiche aus feinster Seide, mit so leuchtenden Farben und Mustern, dass sie Stunden damit verbringen könnte, sie zu bestaunen. Die schweren Vorhänge sind mit Ornamenten verziert, an den Edelholztischen, über die goldgewirkte Tücher geworfen wurden, entdeckt Belle verspielte Schnitzereien. Diese Tische sind so niedrig, dass man an ihnen nur auf dem Boden oder auf weichen runden Hockern sitzen kann.

Länger ist für Belle kein Zweifel möglich: Hier versucht einer, einen indischen Palast nachzuahmen. Inmitten der schottischen Highlands, fernab anderer Behausungen, hat hier jemand ein künstliches Indien erstehen lassen, wie es sich prachtvoller und detailgenauer nicht ausmalen ließe. Es muss wohl jene exotische Welt sein, aus der auch Miss Morphed und der Panther stammen. Belle weiß aus Büchern, dass Indien ein Land ist, über das die Sonne Tag für Tag ihre sengenden Strahlen sendet, ein heißes Land, grundlegend verschieden von der heimischen Wirklichkeit in Schottland. Weshalb umgibt sich das Wesen, das hier herrscht, mit dieser Künstlichkeit, weshalb erschafft es eine erfundene Welt? Wenn dem Schlossherrn Indien so sehr am Herzen liegt, wieso reist er nicht dorthin und lebt dort? Weshalb führt er sein Einsiedlerdasein nicht in südlicher Hitze? Warum wurde in diesem kalten, verfallenen Schloss ein fremdländischer Zauber erschaffen, umgeben von Moor und Heidekraut und Nebel?

»Gefällt es dir?«, fragt jene Stimme, die Belle schon beim ersten Mal so erschreckt hat. Sie hat ihren Klang seit Tagen nicht gehört, das Schmerzvolle, das Glücklose in dieser Stimme.

Der Hausherr hat Belle erwartet. In einer mit Seide ausgekleideten Nische sitzt er da. Er trägt ein dunkelrotes Gewand, einen Arm hat er über sein Knie gelegt, den anderen auf ein Kissen. »Wie schnell du mich gefunden hast«, fährt er fort, als Belle vor Staunen nicht gleich antworten kann. »Setz dich.« Er zeigt auf den Sitz neben sich.

Belle ist nicht danach zumute, es sich neben ihm gemütlich zu machen. Doch war es nicht das, was sie wollte: ihn besser kennenlernen? Sich auf diesen Hocker zu setzen, sieht einfach aus und ist doch schwierig. Belle überkreuzt die Beine, lässt sich zurücksinken, schätzt die Höhe falsch ein und plumpst rücklings auf das Kissen. Mit einem Ächzen rappelt sie sich auf. »Was wollen Sie von mir?«

»Nichts will ich«, erwidert er, scheinbar überrascht. »Ich verlange nur, dass du innerhalb dieser Mauern bleibst.«

»Mein Gelübde, ja, ich weiß.« Belle kommt sich in ihrer hockenden Lage unbeholfen vor. »Wozu soll meine Anwesenheit hier denn gut sein, wenn wir nichts weiter tun, als zur gleichen Zeit im selben Schloss zu wohnen?«

»Wie meinst du das?«

»Wenn wir nichts gemeinsam unternehmen?«

»Du willst mit mir ... etwas unternehmen?« Staunend sieht er sie an. »Empfindest du denn keine Furcht vor mir?«

»Ich bin die Tochter eines Tierarztes«, antwortet Belle. »Was glauben Sie, was ich schon alles gesehen habe? Wahrscheinlich werden Sie mich jetzt wieder anbrüllen und sagen, dass Sie kein Tier sind. Aber ich muss Sie fragen: Haben Sie in letzter Zeit mal in den Spiegel geschaut, Sir?«

Plötzlich ist Belle, als ob seine Mundwinkel sich sachte nach oben ziehen würden. Hat der Tiermensch tatsächlich gelächelt?

»Ich versuche, es zu vermeiden«, antwortet er leise.

Die winzige Vertrautheit, die zwischen ihnen aufblüht, macht Belle mutiger. »Werden Sie mir heute sagen, wie es gekommen ist, dass Sie ... so wurden?«

»Das darf ich nicht.«

»Wer sollte es Ihnen verbieten?«

»Das verstehst du nicht.«

»Dann klären Sie mich auf.«

»Nein.« In seiner Stimme bricht wieder das dumpfe Grollen durch.

»Sagen Sie mir wenigstens, wie lange Sie sich hier schon aufhalten.« Belle rückt auf dem Kissen näher.

»Viele Jahre. Ich zähle sie nicht mehr. Willst du etwas trinken?«

»Mit Ihnen?«

»Wie wäre es mit Tee?«

»Lassen Sie mich raten: indischer Tee?«, fragt sie verschmitzt.

»Den besten, den es gibt.« Er steht auf. Das lange Gewand verhüllt seinen Körper vollständig. »Warte einen Augenblick.«

»Macht das denn nicht Miss Morphed für Sie?«, ruft sie ihm nach, während er den Raum verlässt.

»Hier oben bin ich auf mich allein gestellt.«

Langsam lässt Belle sich zurücksinken. Sie betrachtet die bestickten Vorhänge, streicht über den seidigen Teppich und seufzt. Gerade war sie noch eine neugierige Person, die das Geheimnis von Kinord Castle ergründen wollte, jetzt sitzt sie in einem Zimmer, das man nur durch einen Spiegel betreten kann, und ist Gast des Hausherrn, der persönlich Tee für sie kocht. Belle sieht sich um. Von einem perlenbesetzten Tabernakelschrank ist hier nichts zu sehen, und doch ist sie überzeugt, dass die Bilder in ihrem Traum etwas zu bedeuten haben. Belle steht auf. Lautlos läuft sie über den weichen Boden, zieht hier einen Vorhang beiseite, schaut dort in eine Nische und steht plötzlich unmittelbar davor. Verborgen hinter einem Paravent entdeckt sie den schwarzen Schrein. Es ist der gleiche, den sie im Traum erblickte. Er ist hoch und schlank und mit schwarzen Perlen besät. Wie wunderschön er ist! Der Schlüssel steckt.

Das darf ich nicht, denkt Belle. Das hieße, sein Vertrauen zu missbrauchen. Welches Vertrauen? Ich bin seine Gefangene, widerspricht sie sich gleich selbst. Was könnte gewalttätiger und unhöflicher sein, als mich hier festzuhalten? So eine Gelegenheit kommt nicht wieder!

Belle wirft einen Blick zurück, um sicherzustellen, dass der Schlossherr nicht schon wiederkommt, dann fasst sie sich ein Herz und dreht den Schlüssel herum. Der Schrank springt auf. Im Inneren ist er rot ausgeschlagen, auf rotem Samt liegt ein Dolch. Belle erkennt ihn sofort wieder: Es ist der mit Edelsteinen verzierte Dolch aus ihrem Traum, um den sich eine Schlange windet.

Doch nein, das ist gar keine Schlange. Was diesen Dolch umklammert hält, ist in Wirklichkeit eine Pflanze. Eine Blume, wie Belle noch keine sah, mit kleiner Blüte, einem biegsamen Stiel und schlingpflanzenartigen Wurzeln. Und aus dem Dolch selbst – jetzt sieht sie es genau – dringt etwas hervor: eine Flüssigkeit, rot und dick. Schwer tropft der Saft ins Innere des Schreins. Ist das etwa Blut, in das die Pflanze ihre Wurzeln taucht? Blut, von dem sie sich ernährt? Ein blutiger Dolch, der einem Schlinggewächs Leben schenkt, denkt Belle. Trotz ihrer Angst fasst sie hinein, ergreift den Dolch und will die Pflanze näher betrachten.

»Neein!«

Sein Schrei ist nah, sein Sprung war lautlos. Belle bemerkt seinen Schatten erst, als er sich auf sie wirft. Mit einem Schrei packt er sie und reißt sie fort, schleudert sie durch die Luft bis zu einer Nische, die ein Vorhang verhüllt. Obwohl in diesem Zimmer alles von weicher Textur ist, stoßen Belles Gliedmaßen gegen etwas Hartes – hart, aber nicht unzerstörbar: Glas. Beim Aufprall durchbricht Belle eines der großen Fenster in diesem Raum.

So groß ist die Wucht des Stoßes, dass Belle mitsamt dem Vorhang durch das Fenster fliegt, ins Freie, wo sie sogleich kalte Luft umfängt. Verheddert in den Vorhang, fällt Belle tiefer und tiefer. Ein Sturz aus der Höhe dieses Schlosses ist nicht zu überleben, das weiß sie. Sie schreit in Todesangst, prallt auf einen Ast, dann noch einen, ein Baum scheint die Wucht des Falles zu mildern, im nächsten Augenblick wird Belle von eisiger Kälte umspült.

Kann das Wasser sein? Moor ist es, schwarz und brackig, Moorbrühe, in die sie fiel und die ihr das Leben rettete. Belle spürt die Nässe durch ihre Kleider dringen. Sie schlägt um sich, will nicht tiefer sinken und gelangt wieder an die Oberfläche. Prustend schnellt sie hoch, wischt Schlamm und Algen aus dem Gesicht und blickt hinauf, wo sich düster die Burgmauer über ihr erhebt. Von ganz oben, aus dem höchsten Stockwerk ist sie gefallen. Und von dort schaut einer in einem dunkelroten Gewand auf sie herab. Er blickt auf Belle, die er im Jähzorn aus dem Schloss geworfen hat, aus dem Gefängnis, aus seinem Machtbereich.

Belle ist frei. Sie ist durchnässt, verstört, sie friert, doch sie hat ihre Freiheit wieder. Mit einem klatschenden Geräusch erhebt sie sich aus dem Schlamm, setzt einen Fuß ins Nasse, noch einen, und beginnt zu laufen. Nur fort von hier, von diesem Schloss, aus seiner Nähe. Tief sinkt Belle im Moor ein, doch ihre Füße tragen sie weiter und weiter von ihm fort.

15

Das sind die Wälder von Balmoral. Wenn Belle die Kraft hat, lange genug Richtung Osten zu laufen, sollte sie irgendwann die Zivilisation wieder erreichen. Sie hat weder Mantel noch Cape dabei, trägt weder Mütze noch Stiefel. In ihrem Hauskleid ist sie herabgefallen, beim Sturz hat sie einen Schuh verloren, sie ist von Kopf bis Fuß durchnässt. Eigentlich müsste um diese Jahreszeit die Frühlingssonne die Landschaft schon erwärmen, doch es ist so kalt, dass Belle den Hauch vor ihrem Mund sieht. In den Highlands ist alles anders, hier können Tage düster wie Nächte sein, der Nebel hält sich manchmal wochenlang. Es ist so eisig, dass Belle sich nur durch stetes Laufen warm hält. Flucht aus Kinord Castle ist ihr einziger Gedanke. Möglichst viel Raum will sie zwischen sich und das Monster bringen.

Wie lange kann man laufen, ohne stehen zu bleiben und Atem zu holen? Wie weit kommt man mit nur einem Schuh? Bald strauchelt Belle, bald sinkt sie knietief ein, bald ritzt sie sich den Fuß an spitzen Steinen. Keuchend hält sie inne und fühlt sogleich, wie die Kälte sie durchschauert. Es ist längst Mittag, aber die Sonne dringt nicht bis zur Erde durch. Hoch und weit mag sie irgendwo anders scheinen, hier, in all dem Grau, bleibt sie unsichtbar.

Wie lange mag Belle schon gelaufen sein? Stunden? Vielleicht war es kürzer, vielleicht hat sie sich noch gar nicht weit vom Schloss entfernt, möglich sogar, dass sie im Kreis lief. Man hat davon gehört, dass Verirrte im Hochmoor plötzlich wieder an die Stelle kamen, von der sie losgelaufen waren. Nur nicht den Mut verlieren, beschwört sie sich. Das Schlimmste hast du hinter dir, das Grauen auf Kinord Castle. Keine Bestie bedroht dich mehr inmitten einer indischen Kulisse, keine Miss Morphed mit ihren Gewürzen und auch kein Panther. Frei, denkt Belle, während sie in Sumpflöcher stakst, frei, beschwört sie sich, als sie zum wiederholten Male hinfällt, frei von diesem Albtraum!

Schon glaubt sie ihren Augen wieder nicht zu trauen. Ein solcher Zufall wäre zu unwahrscheinlich, so viel Glück hat keine, die durchnässt, durchfroren, erschöpft, hungrig und richtungslos in den Highlands unterwegs ist. Hier verkehren keine Kutschen. Hier gibt es keine Straßen und also auch niemanden, der darauf fährt. Solche Annehmlichkeiten der Zivilisation kennt man hier draußen nicht. Es ist bloß eine Täuschung im Nebel, denkt sie, ein eingesunkener Verschlag vielleicht, der ihr die Form einer Kutsche vorgaukelt.

Nein, es ist ein Fahrzeug. Wieso stünde sonst ein Pferd davor? Einerlei, denkt Belle, hier ist die Rettung. Nur ein kleines Stück ist sie von der verheißungsvollen Kutsche noch entfernt.

»Hilfe! Bitte helft mir!«, ruft sie beim Nähertaumeln. Nebelschwaden wehen um das Gefährt. »Gott sei Dank, dass Sie da sind. Ich dachte schon, ich wäre verloren ...«

Belle spricht nicht weiter. Sie kann nicht, etwas hindert sie daran – ein Mann, der ihr in den Weg springt. Er kam nicht aus der Kutsche, sein Angriff fand von der Seite statt.

Mit einer Hand hält er ihre Arme umklammert, die andere packt sie am Hals. Wer greift im Moor ein fliehendes Mädchen an? Niemand konnte wissen, dass sie hier vorbeieilen würde. Was will der Mann, der sie gewaltsam festhält, der sie würgt und zu Boden drückt? Belle hat schon von Vergewaltigungen gehört. Noch kann sie es nicht glauben. Sie will schreien, doch die zugedrückte Kehle macht den Versuch sinnlos. Wer sollte sie an diesem verlassenen Ort auch hören? Sie tritt und beißt um sich, versucht vergeblich, die Hände freizubekommen. Als das misslingt, versucht sie, sich umzudrehen. Sein Gesicht will sie sehen, denn Aug in Aug, das weiß Belle von den Tieren, wird Aggression für jegliche Kreatur schwerer. Er hat sein Gesicht verhüllt. Ist das eine Maske oder nur ein Tuch mit Löchern für die Augen? Warum macht er sich in dieser Einöde die Mühe und vermummt sich? Keiner sieht hier zu, keiner wird ihn bei dem stören, was er vorhat.

Von den Tieren weiß Belle außerdem, dass das Geschlechtsteil die verwundbarste Stelle der männlichen Spezies ist. Obwohl der Angreifer sie mit seinem Griff von den Füßen zerrt, bemüht sie sich um einen festen Stand und tritt zu. Belle schlägt förmlich nach hinten aus: Das ist sein Knie, dies sein Oberschenkel, endlich trifft Belle das Weiche in der Mitte und er krümmt sich. Doch dieser Mann ist stärker oder gefühlloser, als sie annahm. Trotz des Schmerzes lockert sich sein Griff kein bisschen. Alles verschwimmt vor Belles Augen. Sie muss endlich wieder Luft holen, sonst ist es mit ihr vorbei.

Er will mich gar nicht schänden, begreift sie, er sucht kein lüsternes Vergnügen, er presst mir die Kehle zu, weil er mich töten will. Er ist ... der Mädchenmörder! Und er hat sein Ziel fast erreicht.

Die Todesangst legt ungeahnte Kräfte in Belle frei. Sie kämpft mit der letzten, größtmöglichen Verzweiflung, die ein Mensch aufbringt, bevor er sich in sein Schicksal fügt. Belle keucht und schreit, sie strampelt, versucht zu kratzen, boxt ihm in die Rippen, schüttelt sich, um ihn irgendwie loszuwerden. Doch der Griff um ihren Hals lockert sich nicht.

Er erwürgt mich, denkt sie. Hat er die anderen auch erwürgt? Wurden die anderen nicht zerstückelt aufgefunden? Mich wirst du nicht zerteilen, mich nicht!, schreit der Überlebenswille in Belle.

Doch was nützt es, wenn die Kraft nicht ausreicht? Ein starker Mann hat die Macht, sich ein sechzehnjähriges Mädchen untertan zu machen. Und das tut er. Ist Belle denn der einen Gefahr nur entronnen, um in der anderen qualvoll ihr Leben auszuhauchen? Eine Rettung scheint es nicht mehr zu geben.

Belle schwebt zwischen Leben und Tod, sie ist schon im Begriff, in die andere Welt hinüberzugehen, als sie eine Veränderung bemerkt. Eine neue Gewalt ist aufgetaucht, eine Gewalt, so bestialisch, dass der Vermummte ihr nichts entgegenzusetzen hat. Sie richtet sich nicht gegen Belle, sondern gegen ihren Angreifer. Der kräftige Mann, der dabei war, Belle zu strangulieren, wird mühelos hochgehoben und von ihr weggerissen. Im gleichen Augenblick schießt Blut aus seiner Kehle.

Der Ohnmacht und dem Tode nahe, hebt Belle den Blick.

Es ist das Monster. Der Schlossherr, der ihr bis jetzt nur Böses antat, inmitten des Hochmoors ist er plötzlich da. Er muss ihr gefolgt, ihr nachgesprungen sein, und wendet nun das grausige Geschehen zu ihren Gunsten. Nicht mit einer Waffe hat der Tiermensch den Vermummten angegriffen, sondern mit seiner mächtigen Klaue. Er hat sie dem anderen in den Hals gerammt, dass dessen Blut hervorschießt. Jetzt springt er auf ihn los. Der Schlossherr von Kinord brüllt und knurrt, während er dem anderen ins Gesicht schlägt. So fürchterlich kommen diese Schläge, dass dessen Kopf hin und her fliegt, dass sein Kiefer bricht, die Haut aufplatzt und das Tuch, mit dem er sich vermummte, von Blut getränkt wird.

Der Mann leistet keine Gegenwehr, aber er ist noch bei Bewusstsein. »Hilfe«, röchelt er. »Helft ... mir!«

Wer soll ihm helfen? Es ist kaum anzunehmen, dass er mich, sein Opfer, meinen könnte, denkt Belle.

Da öffnet sich mit einem Mal die Tür der Kutsche. Belle sieht es mit Überraschung und Grauen zugleich. Sie will den Tiermenschen warnen, ihm sagen, dass gleich ein zweiter Gegner ins Spiel kommt, doch ihre Stimme versagt den Dienst. Nur ein Stöhnen kommt aus ihrer Kehle.

Der neue Feind handelt schnell. Sein Mantel ist dunkel, eine Maske, wie sie manchmal Adelige auf Kostümfesten tragen, verbirgt sein Gesicht: eine weiße Maske mit aufgemaltem Mund und rosigen Wangen. Was treibt ein Mitglied der höheren Gesellschaft ins Moor hinaus?, denkt Belle. Gehören der Adelige und der Mörder etwa zusammen?

Der Maskierte springt aus dem Wagen. Ein Degen blitzt unter seinem Umhang auf, der Griff hat eine seltsame Form. Ehe der Schlossherr es sich versieht, zuckt die Klinge hoch und fährt dem Tiermenschen von hinten in den Leib. Dieser erstarrt. Kein Schrei, kein Schmerzenslaut, stattdessen fasst er mit den Armen hinter seinen Kopf und versucht, die Klinge zu ergreifen, die in seinem Rücken steckt.

Den Moment nützt der Vermummte auf dem Boden. Er dreht sich weg, um weiteren Schlägen zu entgehen, und kommt mühsam auf die Füße. »Stoßt zu!«, ruft er.

Der Mann mit der Maske zieht die Waffe heraus und bohrt die Klinge ein zweites Mal ins Fleisch des Knienden. Der Tiermensch keucht und bricht auf feuchtem Grund zusammen.

Der maskierte Mann stützt den Vermummten und hilft ihm in die Kutsche. Fast scheint es, als hätten die beiden Belle vergessen, da dreht sich der Maskierte noch einmal um. Er mustert das Mädchen, das knapp dem Tod entrann, und den Tiermenschen, der mit dem Tode ringt, dann steigt er in die Kutsche und ergreift die Zügel. Auf seinen Peitschenknall hin setzt sich das Tier in Bewegung. Auf dem unebenen Gelände schwankend, zieht die Kutsche los, nach wenigen Augenblicken verschwindet sie im Nebel.

Zwei Verwundete liegen im Sumpfgras: ein Mädchen und sein Verfolger. Langsam kommt Belle zu sich. Der Tiermensch regt sich nicht mehr.

16

Vor den Mauern tobt der Sturm. Ein Luftzug bewegt den Vorhang, die Kerzen flackern. Belle hat Feuer gemacht. Nicht etwa im großen Saal mit seinen mannshohen Kaminen, nicht im indischen Gemach des Schlossherrn. Sie benutzt die Feuerstelle in ihrem Zimmer. Sie hat Holz geholt, Kohlen und Späne geschnitten und die Flamme behutsam zum Leben erweckt. Sie hängte den Kessel am rußigen Haken über das Feuer und kochte Wasser. Sie braucht eine Menge Wasser – zum Waschen, für die Pflege und für den Tee.

Belles Zimmer ist jetzt ihre ganze Zuflucht. Hier will sie nicht gestört werden. Die Stille tut ihr wohl, die Stille und das leise Verstreichen von Zeit. Wenn es Belle nicht gäbe, wäre der Schlossherr inzwischen tot. Blickt sie zurück auf die vergangenen Stunden – es war ein ganzer Tag und eine Nacht –, dann fällt es ihr schwer zu glauben, was sie durchgemacht hat. Um Haaresbreite wäre sie erwürgt worden; zurückgelassen im Moor, hätte sie gut daran getan, sich selbst zu retten. Fort aus der Heide, fort aus der Einöde, wäre das nicht die natürliche Reaktion gewesen? Belle dachte nicht einen Augenblick daran. Denn da lag das Wesen, von dem sie Schlimmes und Verstörendes erfahren hatte und zugleich die Rettung ihres Lebens. Da lag der Mann, dessen animalisches Äußeres bei jeder anderen Frau nur Abscheu hervorgerufen hätte, Angst und den Wunsch, ihm endlich zu entfliehen. Belle aber sah nichts Furchteinflößendes mehr in ihm. Stattdessen hatte sie die erschütternde Erkenntnis, dass er, dessen Aussehen ihn zwang, sich vor der Welt zu verbergen, sein Leben aufs Spiel gesetzt hatte, um Belle vor dem sicheren Tod zu bewahren. Gekämpft hatte er für sie, wahrscheinlich hätte er sogar für sie gemordet, und war nun selbst zum Opfer geworden.

Schwach und zu Tode erschöpft, war sie auf ihn zugekrochen. Reglos lag er im Morast, sie konnte kein Lebenszeichen an ihm feststellen, auch keinen Atem, doch als sie den Finger auf seinen Hals legte, ertastete sie einen Pulsschlag. Er war schwach, kaum zu spüren, sein Herz schlug langsam wie das eines Pferdes oder anderer großer Tiere. Seine Wunden waren tief. Der Degen des Unbekannten hatte seinen Rücken durchbohrt und war an der Brust wieder ausgetreten. Glücklicherweise hatte er das Herz nicht getroffen, doch die Lunge könnte durchstoßen worden sein.

Nie wäre Belle imstande gewesen, den schweren Körper auch nur ein Yard weit zu bewegen. Darum musste sie sich etwas einfallen lassen. Würde er hier liegen bleiben, wäre er in Kürze tot. Sie beugte sich dicht an sein Ohr. »Ich komme wieder«, flüsterte sie. Ob er sie hörte?

Belle prägte sich die Umgebung ein. Eine verdorrte Eiche ragte mit ihrer kahlen Krone in den Himmel, die würde sie gewiss von Weitem sehen. Obwohl die Sonne in dem wässerigen Grau nur zu ahnen war, stellte Belle den Sonnenstand fest und vermutete, in welcher Himmelsrichtung Kinord Castle liegen musste. Dass sie aus freien Stücken noch einmal die Richtung zu diesem Schreckensort einschlagen würde, wäre ihr vor Minuten noch undenkbar erschienen. Und doch machte sie sich auf den Weg, lief durch die Heide, sah sich nach Zeichen um, die sie wiedererkennen würde. Mehrmals glaubte sie, sich verirrt zu haben, glaubte, schon zu lange unterwegs zu sein, aber nach einer endlosen Weile, in der sie bangte, ob der Mann im Moor überhaupt noch lebte, tauchten aus dem Nebel dunkle Umrisse auf: Es war die Ruine von Kinord. Sie hatte das Schloss wiedergefunden.

Belle hielt sich nicht damit auf, Miss Morphed nach Pferd und Wagen zu fragen und sie um Hilfe zu bitten. Alles musste schnell gehen, sein Leben hing davon ab. Sie suchte und fand die Stallungen der Burg, im hintersten Gebäude entdeckte sie ihr gutes altes Pferd. Miss Morphed hatte ihr auf ihre Nachfragen versichert, Snooky gehe es gut. Tatsächlich stand er vor einer vollen Traufe und graste. Belle umarmte ihn und redete ihm freundlich zu. Im Stall fand sie, was sie brauchte, Seile und Gurte, sie band alles zu einem Bündel zusammen, machte Snooky los und schwang sich ohne Sattel auf seinen Rücken. So verließ sie Kinord Castle nach wenigen Minuten wieder.

Beritten würde sie in wesentlich kürzerer Zeit bei dem Verwundeten anlangen, hoffte Belle, doch der Nebel wurde dichter. Er waberte über dem Boden, dass man die Hufe des Pferdes kaum noch sah. Bald ritt Belle in die Irre. Sie bemerkte ihren Fehler erst spät, musste umkehren und ein ganzes Stück zurückreiten. Nach bangem Umherirren reckten sich plötzlich Zweige wie tote Finger vor ihr empor, es war die Krone der dürren Eiche.

Ängstlich warf Belle sich über den Tiermenschen. Er lebte noch, doch sein Pulsschlag war schwächer geworden, viel schwächer. Die Zeit wurde knapp. Belle sammelte lange Äste, die der Sturm vom Baum gebrochen hatte, und band sie notdürftig mit den Gurten zusammen. Auch wenn es ihr nur unter größten Anstrengungen gelang, bettete sie den Schlossherrn auf diese Trage. Mit den Seilen spannte sie Snooky vor die Trage, packte ihn an der Trense und brachte ihn dazu, die schwere Last hinter sich herzuziehen.

Ein trauriges Gespann gaben sie ab, traurig und verzweifelt. Nur mit Mühe zog das betagte Pferd den titanenhaften Mann über den sumpfigen Grund. Mehrfach sanken sie tief ein, Snooky stolperte, dann wieder verhakte sich die Trage an einem Strauch und Belle musste Zweige abbrechen, um sie wieder freizukriegen. Einige Male war Snooky nur mit freundlichen Lockungen zu bewegen, seine Last eine Anhöhe hochzuzerren. Als Belle das Schloss zum zweiten Mal erblickte, waren sie und das Pferd am Ende ihrer Kräfte.

Diesmal erwartete Miss Morphed die beiden. Die schweigsame Frau half mit, den Schlossherrn hinauf in Belles Bett zu bringen. Zunächst wollte die Haushälterin seine Pflege selbst übernehmen, doch merkwürdigerweise genügte ein einziger Satz von Belle und sie überließ diese Aufgabe der Tochter des Tierarztes.

»Ich brauche heißes Wasser. Ich brauche Kamfer«, sagte Belle. »Haben Sie so etwas hier?«

»Kamfer stammt aus Indien«, antwortete Miss Morphed.

»Er findet sich im ätherischen Öl der Lorbeerpflanze. Ich bringe ihn sofort.«

Belle erhielt alles und holte es auf ihr Zimmer. Von da an kümmerte sie sich nur noch um den Schwerverletzten. Einen Tag, eine Nacht und den darauffolgenden Tag saß Belle da und wachte, behandelte und umsorgte ihn. Das Feuer brannte, das Wasser kochte, auf dem Tisch standen Mörser und Schalen, lagen Kräuter und andere Gewächse. Belle staunte, was sie auf dem Schloss alles fand, das für ihre Zwecke brauchbar war. Sie behalf sich, so gut sie konnte. Bei aller Sorge, bei der Angst, dass er seinen Verletzungen erliegen könnte, fühlte sie eine seltsame Zufriedenheit. Sie spürte, was sie tat, war richtig. Wie auf einer Insel kam sie sich vor, auf der nur sie und ihr Patient lebten, niemand sonst. Und so verging die Zeit.

* * *

»Wie viel Zeit ist vergangen?«

War er das? Hat er das gefragt? Niemand sonst ist bei Belle im Zimmer, doch seine ehemals Angst einflößende Stimme klingt wie ausgewechselt. Wo bleibt der düstere Klagelaut, wo das Knurren, wo ist die Bedrohung in dieser Stimme? Belle steht am Feuer und bereitet einen Absud vor. Sie richtet sich so ruckartig auf, dass der Kessel schwankt und Wasser zischend in die Flamme spritzt.

»Du bist wach?«, ruft sie. Schon ist sie an seiner Seite.

Seine Augen sind blutunterlaufen, die Lider schwer. Er hat kaum die Kraft, den Kopf zu ihr zu wenden. »Wie viel Zeit?«

»Seit vier Tagen liegst du hier. Vier Tage, in denen ich nicht wusste, ob du leben wirst oder ...« Ein erleichtertes Lachen entringt sich Belle. Während der vielen Stunden, die sie bei ihm saß, waren ihr oft Zweifel gekommen, ob seine inneren Verletzungen ihn nicht doch besiegen würden. Er hat geröchelt und Blut gespuckt, was ihre Annahme bestärkte, dass die Lunge verletzt sein müsse. Belle konnte ihm nur mit äußeren Anwendungen helfen, die innere Heilung musste von ihm selbst kommen. Dass er aus der Bewusstlosigkeit erwacht ist, gibt ihr Hoffnung, er könnte dem drohenden Tode entronnen sein.

Mit dieser merkwürdig sanften Stimme flüstert der Schlossherr: »Er wird es nicht für sich behalten.«

»Was?« Belle beugt sich über ihn. »Wen meinst du?«

»Er wird herumerzählen, dass er ... mich gesehen hat.«

»Der Mörder?« Mit Grauen erinnert sich Belle an die beiden Männer und die Kutsche im Nebel. »Das kann er nicht wagen, auch sein Komplize nicht. Sie würden sich damit nur selbst verraten.«

»So ein ungewöhnliches Geheimnis behält keiner für sich.« Die Lippen des Verwundeten sind trocken.

Belle taucht einen Lappen in die Kräuterlösung und befeuchtet seinen Mund. »Welches Geheimnis?«

»Dass im Moor von Balmoral ein Monster lebt.« Er dreht den Kopf zur Seite.

»Du bist kein Monster.« Belle denkt nicht nach, als sie das ausspricht. Selbst überrascht von ihren Worten, hält sie inne.

»Was sonst?« Er bleibt von ihr abgewandt. »Nur in der Abgeschiedenheit dieser Ruine kann ich mein Dasein führen.

Weiß die Welt erst einmal, dass es mich gibt, wird sie mich jagen und zur Strecke bringen.«

Belle spürt, dass er recht hat. Trotzdem sucht sie nach Gründen, es ihm auszureden. »Ein Mörder geht in der Grafschaft um. Er lauert Mädchen auf und tötet sie. Dieser Mörder muss darauf bedacht sein, unerkannt zu bleiben. Vor allem, da es sich um eine höhergestellte Persönlichkeit zu handeln scheint.«

»Höhergestellt?« Das Wesen wendet den Blick.

»Der Mann, der dich verletzt hat, trug eine Maske, wie sie Adelige auf Kostümfesten verwenden. Auch sein Degen war von großer Kostbarkeit. Ich bin fast sicher, dass es sich um einen Lord, vielleicht um einen noch hochrangigeren Aristokraten handelt.« Sie schaut in seine blauen Augen, die Belle mit ungewohnter Sanftheit anblicken. »Wichtig ist jetzt nur, dass du zu Kräften kommst.«

Vorsichtig legt er seine große Hand auf ihre. »Wieso hast du mich gerettet?«

»Das frage ich mich selbst«, antwortet sie, durch die plötzliche Berührung eingeschüchtert. »Verdient hast du es nicht.«

»Ich wollte dir nicht wehtun.«

»Darf ich dich daran erinnern, dass du mich aus dem Fenster geworfen hast?«

»Nicht absichtlich.«

»Ein unabsichtlicher Fenstersturz?« Belle muss lachen. »Ich hätte mir das Genick brechen können.«

»Bitte verzeih mir, Belle.«

Wie wohl ihr seine Worte tun. Hatte sie nicht von Anfang an vermutet, dass er nicht im Innersten böse ist, dass sein wahres Ich nur von großer Düsternis, einer schmerzvollen Wut ummantelt wird?

»Hast du Hunger?« Belle will aufstehen, doch sie rührt sich nicht, denn sie spürt seine Hand auf ihrer. Sie ist warm und weicher als erwartet.

»Miss Morphed kann mir etwas zu essen machen.«

»Kommt nicht infrage. Du bist mein Patient.« Belle tätschelt die Pranke und kommt hoch. »Ich habe eine Suppe vorbereitet.« Sie läuft zum Kessel. »Muss sie nur warm machen.«

»Wie bist du bloß an all die Gerätschaften gekommen?«

»In deinem Haus gibt es eine Menge nützlicher Dinge. Man muss sie nur finden.«

Das Wesen will mehr erfahren. Und so erzählt Belle die ganze Geschichte seiner Rettung, betont die Rolle, die ihr gutes Pferd dabei gespielt hat, sie schildert, was für eine unglaubliche Mühe es war, den Körper des Schlossherrn in den Turm zu schleppen.

»Du wiegst mindestens zweihundertfünfzig Pfund. Miss Morphed und ich kamen ganz schön ins Schwitzen, das kann ich dir sagen.«

Während sie in der Suppe rührt, dreht Belle sich um und bemerkt, dass der Tiermensch lächelt. Es dauert nur einen Moment, doch um seine Lippen schwebt ein freundlicher Glanz. Er lässt den Kopf ins Kissen sinken.

»Ich wäre gern dabei gewesen, um das zu sehen«, flüstert er.

»Du warst dabei, leider besinnungslos.« Belle schöpft Suppe in eine Schale und bringt sie ihm ans Bett. »Bitte, hier. Es schmeckt nicht besonders fein, weil Ranunkelkraut darin ist. Aber es wird dir guttun.«

Sie führt den Löffel vorsichtig an seinen Mund. Er öffnet die Lippen, schlürft und schluckt und verzieht das Gesicht. »Das schmeckt ja wie gekochte Schuhcreme.«

»Alles brav aufessen.« Sie hält ihm den nächsten Löffel hin.

Löffel um Löffel lässt der Schlossherr sich füttern. Ein zufriedener Ausdruck überzieht sein Gesicht.

17

Der Mann sieht Miss Morphed dabei zu, wie sie ihr Kleid aufknöpft und zu Boden fallen lässt. »Wir müssen es zu Ende bringen, bevor es unseren Fingern entgleitet«, sagt sie eindringlich und legt auch den roten Umhang ab. Nackt lässt sie sich auf die Ottomane sinken. »Ich ertrage es nicht länger.« Heiß ist es in dem Raum, Schweißperlen glänzen auf ihrer Oberlippe.

Der große, wohlgestaltete Mann beugt sich über sie und leckt den Schweiß von ihrem Mund. »Ich finde es ziemlich unvernünftig von dir herzukommen. Wenn man dich hier entdeckt, wären all unsere Anstrengungen umsonst gewesen.«

»Du fehlst mir so. Ich musste dich sehen. Willst du nicht wissen, was passiert ist?«

Er küsst ihren Hals. Mit der Zunge gleitet er ihren Körper abwärts bis zum Bauch. »Ich bin begierig, es zu hören.«

»Er hat überlebt«, antwortet die dunkelhäutige Frau. »Er hat diese unendliche Strapaze tatsächlich überlebt.«

»Natürlich hat er überlebt.« Der Mann hebt den Kopf. »Hältst du mich für einen Anfänger? Ich habe absichtlich so zugestoßen, dass kein lebenswichtiges Organ getroffen wurde.«

»Trotzdem hast du ihn schwer verwundet. Es stand auf Messers Schneide.«

Seine Zunge beschreibt einen Kreis in ihrem Nabel. »Und das Mädchen? Wie geht es Belle?«

»Sie pflegt ihn auf bewundernswerte Weise.« Miss Morphed stützt sich auf die Ellbogen auf. »Obwohl sie die Tochter eines Tierarztes ist, versteht sie viel von der Heilung des Menschen.«

Küssend nähert er sich ihrem Gesicht. »Ein ungewöhnliches Menschenkind, zweifellos, mit einem großen und reinen Herzen. Was man von dir nicht behaupten kann, meine Schöne.« Rudya will etwas entgegnen, sein Kuss verschließt ihr den Mund. »Du bist schlecht und verdorben.«

»Das bin ich nicht, ich bin nur leider in dich verliebt.« Leidenschaftlich drängt sie sich an ihn.

Seine Hand umfasst ihren Rücken. »Du gehörst mir. Du gehörst mir mit Haut und Haar.«

»Ja, das tue ich.« Sie ist bereit, sich ihm sofort hinzugeben, doch er richtet sich noch einmal auf. »Und die Königin? Was weiß sie von alledem?«

»Sie erfährt nur das, was ich ihr erzähle.«

»Sie vertraut dir also nach wie vor?«

Überrascht sieht Rudya ihn an. »Ich habe mich ihres Vertrauens immer würdig erwiesen.«

Da lacht er kurz und schallend. »Du und vertrauenswürdig? Das ist ein köstlicher Witz.«

»Hör auf. Ich tue all das doch nur für dich«, seufzt sie.

Während sie seinen Hals, seine Arme, seine Brust küsst,

sagt er nachdenklich: »Langsam zieht sich unser Netz zusammen.« Er streichelt ihr pechschwarzes Haar. »Ich habe mein Netz um Balmoral ausgeworfen. Die Königin sitzt in der Falle, und sie weiß es nicht einmal.«

»Wann wirst du es zu Ende bringen?« Ihr Begehren erlaubt keinen Aufschub mehr. In wilder Lust schwingt sie sich auf ihn.

»Geduld, meine Schöne.« Lächelnd blickt er zu ihr hoch. »Ich muss den richtigen Zeitpunkt abwarten.«

»Wie lange noch?«

»*Wann* ich die Existenz dieser Missgeburt öffentlich machen werde, musst du schon mir überlassen.« Er lächelt in ihr erwartungsvolles Gesicht.

»Damit würdest du die Queen vor aller Welt bloßstellen.« Sie keucht.

»Ist das nicht erregend, dass ich der Einzige bin – neben dir selbstverständlich –, der das dunkle Geheimnis unserer vergötterten Königin kennt?« Endlich gibt er ihrem Drängen nach und dringt ihn Rudya ein. »Ob die Menschen Queen Victoria auch noch zujubeln werden, wenn sie die fürchterliche Wahrheit erfahren?«

»Der Preis, den sie dir für dein Schweigen zahlen wird, muss hoch sein«, flüstert sie unter leisem Stöhnen.

»Ich weiß noch gar nicht, ob ich mich auf einen Handel einlassen werde. Wäre es nicht noch atemberaubender, wenn ich das Geheimnis lüften und ans Licht der Öffentlichkeit bringen würde?« Er packt ihren Rücken.

»Das kannst du nicht. Du hast drei Mädchen getötet.«

»Nein!« Er lacht vor Lust. »Das habe ich eben nicht getan.«

»Wer dann? Wer, wenn nicht du, hat es getan?«

»Das Monster natürlich.« Wollüstig sieht er sie an. »Die Missgeburt, dieser Schandfleck der Natur, einer Bestie ähnlicher als einem menschlichen Wesen.« Er wirft Rudya herum und zwingt sie unter sich. »Er hat es getan!«

»Du willst ihm deine Taten in die Schuhe schieben?«

»Das war von Anfang an mein Plan. Was dachtest du denn, weshalb ich den Mädchen stets im Umkreis von Schloss Balmoral aufgelauert habe?«

»Um den Verdacht auf ihn zu lenken?«

»Natürlich.«

»Oh, mein Geliebter!« Sie presst ihn an sich. »Das ist widerlich, das ist gemein und zutiefst verdorben.«

»Nicht wahr, das gefällt dir?« Er starrt in ihre weit aufgerissenen Augen.

»Ich hasse dich dafür. Ich hasse mich selbst dafür, aber bei allen Teufeln der Hölle – ja, es gefällt mir!« Leidenschaftlich erwidert sie seine Liebe. Im Schein der Kerzen leuchtet das Schaltuch von Miss Morphed blutig rot.

18

»Wie schön das ist.« Belle und ihr Patient sitzen auf der mittleren Terrasse von Kinord Castle. Die Türen stehen offen, eine milde Brise weht durch die Räume. Der Schlossherr ist mit einem Plaid zugedeckt. Auf dem kleinen Tisch stehen ein Kännchen mit heißer Schokolade und zwei Tassen.

»Mir kommt es vor, als ob die Sonne diesen Landstrich erst wiederentdeckt hat, seit du dich hier aufhältst«, sagt er liebevoll und schaut in die Weite.

Hinter den Waldungen, die das Schloss umgeben, hat der Nebel sich zurückgezogen. Die Highlands erstrecken sich in all ihrer frühlingshaften Pracht. Ein hell schimmerndes Grün überzieht die Hügel und Bergrücken. Überall blüht wilder Ginster in leuchtendem Gelb. Der Himmel hat die Farbe von Stahl, nur wenige Wolken treiben dort dahin. Es ist ein ganz und gar unschottischer Tag.

»Sonne über den Highlands«, seufzt Belle. »Auf der ganzen Welt gibt es nichts Schöneres.«

»Du bist Schottin durch und durch.« Ein Lächeln huscht über sein Gesicht.

»Ich könnte an keinem anderen Ort der Welt leben. Und du?«

Er zögert. »Ich ... Ich wurde nicht hier geboren.«

»Wo dann?«, fragt Belle.

»Ziemlich weit entfernt«, antwortet er ausweichend. »Du denkst jetzt sicher: Wie muss seine arme Mutter erschrocken sein, als sie eine Missgeburt wie ihn zur Welt brachte.« Prüfend betrachtet er sie und fährt sie unvermittelt an: »Das hast du gedacht, nicht wahr?«

»Nein, ich habe ...«

»Jeder denkt es, der mich sieht. Auch du!«.

»Hör auf«, antwortet sie beruhigend. »So gut müsstest du mich inzwischen kennen, um zu wissen, dass es mir nicht um Äußerlichkeiten geht. Ich sehe in dir ... eine tief verwundete Seele.«

»Ich will dein verdammtes Mitleid nicht.« Er lässt seine Pranke auf den Tisch niedersausen, Kanne und Tassen springen in alle Richtungen und zerschellen auf den Steinen. Mit seiner Klaue hat er einen tiefen Riss in die Tischplatte geschnitten.

Trotz ihres Schrecks fährt Belle begütigend fort. »Mir ist deine Anwesenheit nicht unangenehm. Ich freue mich sogar, dass du durch deine Verwundung ein bisschen ... netter geworden bist.«

»Ich will aber nicht nett sein.« Er springt auf.

»Das merke ich.«

»Keine Menschenseele kann einen wie mich angenehm finden.«

»Natürlich nicht, wenn du dich aufführst wie ein wild gewordener Gorilla.«

»Ein Affe – so schätzt du mich also ein?«

»So benimmst du dich.«

»Hüte deine Zunge!« Bei seinem geschwächten Zustand macht sich die plötzliche Anstrengung bemerkbar. Er tut einen schwankenden Schritt auf Belle zu, taumelt in Richtung der Brüstung, versucht, das Gleichgewicht wiederzufinden, doch seine Hände fassen ins Nichts.

»Vorsicht!« Schon ist sie bei ihm, zieht ihn vom Abgrund zurück, stützt ihn und bringt ihn zu seinem Stuhl. »Du bist nicht kräftig genug, um dich schon wieder wie eine Bestie aufzuführen.«

»Eine Bestie ... Als wildes Tier siehst du mich.« Er sackt auf dem Stuhl zusammen.

»Ich habe dir schon einmal gesagt, dass mir die Gesellschaft von Tieren manchmal lieber ist als die der Menschen. Tiere sind die ehrlicheren Kreaturen.«

Er sieht sie nachdenklich an. Belle entdeckt eine ungewohnte Wärme in seinen Augen. »Da hast du wahrscheinlich recht«, antwortet er nach einer Weile. »Die Menschen zanken und streiten und sind nur auf ihren eigenen Vorteil bedacht. Sie machen die Welt zu einer Hölle aus Gemeinheiten. Dabei ist sie ein Paradies.« Langsam hebt er den Arm und zeigt hinaus auf die unberührte Schönheit des Hochmoors.

Belle bückt sich zu den Scherben. »So schlimm ist es mit den Menschen nun auch wieder nicht. Es ist nicht alles schwarz und weiß. Das erscheint dir nur so, weil du niemals unter Menschen kommst.«

»Wie könnte ich das? Man würde mich sofort in ein Raritätenkabinett sperren.«

»Lebt deine Mutter noch? «Belle versucht, seine versöhnliche Stimmung zu nutzen, um mehr über ihn zu erfahren.

»Ja, sie lebt und grämt sich jeden Tag über ihr missratenes Kind.«

»Kommt sie dich manchmal besuchen?«

»Das ist unmöglich. Und ich besuche sie auch nicht.«

»Weshalb nicht?«

»Du stellst zu viele Fragen.«

»Soll ich dir noch eine heiße Schokolade machen?« Belle legt die Scherben ineinander.

»Lass das. Du bist nicht meine Haushälterin.«

»Wo ist übrigens Miss Morphed? Ich habe sie heute noch gar nicht gesehen.«

»Manchmal verschwindet sie für ein paar Stunden, ohne dass ich weiß, wohin. Ich nehme an, selbst sie erträgt meine Gegenwart nicht ununterbrochen.«

Belle steht auf. »Ich möchte selbst noch etwas trinken. Du bleibst am besten hier draußen in der Sonne.«

Verwundert schaut er zu ihr hoch. »Wie lieb du bist. Ich wusste nicht, dass so etwas Freundliches und Gutes überhaupt existiert.«

»Hör bloß auf mit den Schmeicheleien«, antwortet sie burschikos. »Du bist nicht nett und ich bin nicht besonders lieb. Wir sind bloß ein ungewöhnliches Paar, das die seltenen Sonnenstrahlen genießt.«

»Ein Paar?«, fragt er mit ungewohnter Zartheit.

»Du weißt schon, wie ich es meine«, erwidert Belle schroffer, als ihr ums Herz ist. »Du bist mein Patient und ich bin deine Gefangene.« Sie lächelt. »Ist dir das so lieber?«

»Du bist nicht mehr meine Gefangene. Ich wollte nie … Bitte entschuldige, dass ich dich so behandelt habe.«

»Du entschuldigst dich bei mir?«, fragt Belle ungläubig. »Das ist ja noch seltener als die Sonne über den Highlands.«

Jetzt muss auch er lachen. Nicht zum ersten Mal denkt Belle, dass sein Mund von merkwürdiger Schönheit ist. Das sind Lippen, die man küssen möchte, geht ihr durch den Kopf, und dieser Gedanke ist vielleicht das Merkwürdigste an diesem Nachmittag. Die Scherben in der Hand, läuft Belle ins Innere des Schlosses.

19

»Niemals werde ich mit ihr durch die Straßen von London flanieren können«, ruft der Schlossherr. »Nie werden wir dem Big Ben vom Ufer der Themse aus zuwinken oder uns im Hyde Park zu einem Picknick niederlassen.«

Wenn Belle könnte, sie würde sich in diesem Augenblick in Luft auflösen oder auf leisen Sohlen wieder verschwinden. Stocksteif steht sie da. Dabei ist sie nur in das indische Zimmer gekommen, um seine Verbände zu wechseln. Der Schlossherr, dessen Namen sie noch immer nicht kennt, hat Belles Turmzimmer verlassen und ist in seine eigenen Räume zurückgekehrt. Belle hat die Erlaubnis, ihn dort aufzusuchen.

In dem Moment, da sie die Treppe hochkam, hörte sie, dass der Schlossherr mit jemandem spricht. Gerade wollte sie den Vorhang beiseiteschieben, um zu sehen, wer wohl der Gesprächspartner des Hausherrn ist, als sie seine überraschenden Worte vernahm.

»Ich könnte mich mit Belle noch nicht einmal in den Gassen von Aberdeen zeigen«, fährt er fort und läuft mit großen Schritten durch den Raum. »Man würde mich einfangen und als Monstrosität vor der glotzenden Menge zur Schau stellen. Sobald ich die schützenden Mauern von Kinord verlasse, wird man mich als das ansehen, was dein Geist aus mir gemacht hat: eine grauenhafte Bestie, eine verabscheuungswürdige Absonderlichkeit der Natur.«

Er streicht dicht an dem Vorhang vorbei, hinter dem Belle sich verbirgt.

»Ich hatte mich mit meinem Schicksal abgefunden und erwartete nichts als den Tod. Doch seit Belle bei mir ist ...« Ein tiefes Stöhnen entringt sich ihm. »Seit ihr liebenswürdiges Wesen mein erbärmliches Dasein erhellt, habe ich nur noch den Wunsch zu leben. Verstehst du das? Ist es verwerflich, dass ich so fühle? Und wenn ich zum ersten Mal in all den mutlosen, verzweifelten Jahren eine solche Sehnsucht empfinde, wieso ist es mir dann nicht vergönnt, ihr mein Gefühl offen zu bekennen?«

Belle lauscht angestrengt, ob der Schlossherr eine Antwort erhält, doch auf der anderen Seite des Vorhangs bleibt es still. Er wird doch nicht mit sich selbst sprechen!

»Sie würde mich nur auslachen«, fährt er leise fort. »Ach, was rede ich denn da? Ausgelacht zu werden wäre zu viel der Anteilnahme. Es wäre ihr unendlich peinlich, wenn ein hässliches Wesen wie ich, zu ihr, dem Inbegriff alles Schönen, von Liebe spräche! Von Liebe – ausgerechnet ich!« Sein höhnisches Lachen klingt verzweifelt.

Belle steht wie vom Donner gerührt da. Dieses Wesen, das Belle bis vor Kurzem noch als Feind erschien, macht ihr ein Liebesbekenntnis. Nicht wissend, dass sie nur ein kleines Stück von ihm entfernt steht, spricht er seine Gefühle offen aus. Er redet von Liebe, obwohl er überzeugt ist, dass er unwürdig ist, wiedergeliebt zu werden, dass keine menschliche Seele auf dem Erdball selbstlos genug sein könnte, ihn zu lieben.

Belle ist überwältigt von dem unerwarteten Bekenntnis und merkt, dass sie dem Wesen hinter dem Vorhang am liebsten widersprechen möchte, und zwar von ganzem Herzen. Was sie fühlt, ist wohl noch keine Liebe – es wäre zu früh, ein so großes Wort zu verwenden. Und doch hat sie niemals für einen Mann so intensiv empfunden wie für ihn.

Denn bei aller Entstelltheit seines Äußeren, er ist doch ein Mann! Zwar ein grober, wilder, riesenhafter Mann, wie sie sonst nur in düsteren schottischen Sagen auftauchen, aber doch ein Mann, und Belle ist eine junge Frau, die allmählich ihre Gefühle für das andere Geschlecht entdeckt. Heimlich ist in Belle der Wunsch erwacht, seine schönen Lippen zu küssen. Aber ist das nicht nur eine verrückte Träumerei, ausgelöst durch ihre aufgepeitschten Nerven? Mitleid, denkt sie, Anteilnahme, Zuneigung, das sind die Gefühle, die ich für ihn hege. Oder ist es mehr?

Während Belle hinter dem Samtvorhang lauscht, meldet sich eine innere Stimme, die ihr sagt, dass ihr bisher stets ein anderes Los vorgezeichnet gewesen war als das, ausgerechnet eine Bestie zu lieben. Sie sollte eine gehorsame, liebevolle Tochter sein, die eines Tages in die Fußstapfen ihres Vaters treten würde. Sie sollte dem jungen Mann, der um sie werben würde, eine fügsame Braut sein und später eine liebevolle Ehefrau. So sieht in den meisten Fällen der Lebensweg eines Mädchens aus Aberdeen aus. Und wäre es nicht ausgerechnet der selbstgefällige Algernon Traddles gewesen, der um sie warb, so wäre Belle bereit gewesen, diesen Weg zu akzeptieren. Bis zu jenem Moment, als sie die unfassbaren Worte des Schlossherrn vernahm.

Er selbst spricht währenddessen weiter zu jenem Gegenüber, das Belle noch nicht erkennen konnte. »Die Strafe, die du mir auferlegt hast, ist nur der gerechte Ausgleich für meine schlimme Tat. Auf der Waagschale der Gerechtigkeit wiegen meine Sünden und deine Strafe gleich schwer. Darum bitte ich dich: Willst du mein grausames Los nicht verkürzen? Kannst du mich nicht endlich töten? Bring mich um, ich flehe dich an, bereite alledem ein Ende!«

In diesem Moment vernimmt Belle etwas, das unendliches Mitleid und tiefe Wärme in ihr auslöst. Sie hört, wie der Schlossherr weint. Er weint und schluchzt, bis seine Verzweiflung verebbt und es still wird im Zimmer.

Belle muss jetzt endlich wissen, wer die geheimnisvolle Person ist, der er sich anvertraut hat. Darum wirft sie einen vorsichtigen Blick ins Zimmer. Da liegt der Schlossherr auf dem Boden, die Arme über den Kopf geschlagen, und ihm gegenüber sitzt der Panther mit erhobenem Haupt. In der kalten Abendluft dringt weißer Hauch aus seinen Nüstern. Er spürt Belles Anwesenheit, wendet den Blick und sieht sie an. Belle erschrickt, will sich zurückziehen, doch die hypnotisierenden Augen des Panthers durchdringen sie und zwingen sie zum Bleiben. Auf lautlosen Tatzen kommt er näher und hebt die Pranke. Belle kann nicht anders, sie ergreift die weiche Tatze mit den tödlichen Klauen. Sie sieht den Panther an, sieht auch den Schlossherrn an, der kein Lebenszeichen von sich gibt.

Schließlich zieht sich die Raubkatze wieder zurück. Mit wenigen Sprüngen setzt sie auf ein Möbelstück zu, das wie ein Thron anmutet. Es ist ein samtener, goldgefasster Königsstuhl. Der Panther rollt sich darauf zusammen und schließt die Augen. Nur sein Schwanz hängt herab.

Was Belle gerade vernommen hat, war nicht für ihre Ohren bestimmt. Daher hat sie den Anstand und das Schamgefühl, ihr geheimes Wissen für sich zu behalten und sich dem Schlossherrn nicht zu offenbaren. Lautlos wie der Panther setzt sie Fuß hinter Fuß, bis sie die Treppe erreicht und nach unten läuft. Unbenutzt hält sie die Arznei und das Verbandszeug in Händen. Was sie gerade erfuhr, hat sie aufgewühlt, glücklich hat es sie nicht gemacht. Denn dieses unverhoffte Wissen eröffnet ihr den Blick in ein tiefes und bedrohliches Wasser, in ein Meer sehnsuchtsvoller Gefühle.

20

»Belle ist nicht bei ihrer Tante«, sagt Algernon Traddles.

»Aber ja, Sir! Wie kommen Sie auf die Idee, dass sie nicht dort sein könnte?«

»Weil ich mich erkundigt habe.« Algernon Traddles steht in Doktor McBeans Behandlungsraum und möchte sich am liebsten übergeben. Die Praxis war nie ein Vorbild an Sauberkeit, doch die Art und Weise, wie sie seit Belles Verschwinden verkommt, stinkt zum Himmel. Die meisten Käfige stehen offen, der Doktor scheint sie nicht mehr auszumisten. Kranke und altersschwache Tiere hopsen und humpeln ungehindert durch den Raum. Es riecht nach Blut und Kot.

»Ich habe zur Polizeistation in Falkirk telegrafiert«, fährt Algernon fort. »Dort hat man Ihre Schwester befragt, Doktor. Die alte Dame sagte aus, dass Belle in letzter Zeit überhaupt nicht bei ihr zu Besuch gewesen sei.«

Dem Doc steht das schlechte Gewissen ins Gesicht geschrieben. Doch das ist nicht alles, was sich in dem alten Mann widerspiegelt. Sein Gesicht ist aufgedunsen vom Gin, seine Augen sind verschleiert vom Weinen und vom Selbstmitleid, sein Haar steht wirr zu Berge.

»Wo ist sie?«, fragt der Staatsanwalt.

»Ich weiß es nicht, Sir.«

»Sie wissen es, Doktor.« Mit der Spitze seines Spazierstocks pikt Algernon auf den Alten. »Sie sind der Einzige, der es weiß.«

»Nein, nein!«

Vorsichtig, um nicht in Exkremente zu treten, kommt Traddles näher. »Sie sind Belles Vater und damit mein zukünftiger Schwiegervater«, sagt er in vertraulichem Ton. »Ich will also vermeiden, Sie einem peinlichen Verhör zu unterziehen.«

»Danke, Sir. Danke«, stammelt McBean.

»Doch wenn du nicht bald den Mund aufmachst, Alter«, drohend beugt sich Traddles zu McBean herunter, »zerbreche ich dir sämtliche Knochen im Leib. Ich schlitze dir die Nase auf und werfe sie deinen Schweinen zum Fraß vor. Hast du mich verstanden?«

»Aber Sir ... Algernon, lieber Junge«, wispert der Alte eingeschüchtert. »Das würden Sie doch niemals tun.«

»Natürlich nicht ich selbst«, antwortet Algernon gehässig. »Sergeant Moon, mein Assistent, würde es tun.« Er zeigt zum Eingang, wo sich der rothaarige Polizist aufgebaut hat. Nähte ziehen sich durch seinen Kiefer, sein rechtes Auge ist zugeschwollen.

Traddles' Gesicht wird ernst. »Ich kann Ihnen versichern, Doktor, dass Sergeant Moon selbst aus den abgebrühtesten Gaunern stets die Wahrheit herausbekommt.«

Zur Bestätigung lässt der Sergeant seine rechte Faust gegen die linke Handfläche krachen.

»Also, wie steht es?« Algernon tritt zurück. »Werden Sie

uns jetzt mit der Wahrheit beeindrucken oder soll Mister Moon mit seinen Leibesübungen an Ihnen beginnen?«

»Nein – nein!« Der Doc zieht sich in den hintersten Winkel zurück. Dabei gleitet er im Hühnerdreck aus und stürzt der Länge nach hin. Als der rothaarige Sergeant nur einen winzigen Schritt näher kommt, hebt McBean flehend die Hand. »Genug! Ich will euch alles verraten.«

»Schon besser.« Algernon zieht sein Taschentuch hervor, wischt die Sitzfläche eines Stuhles ab und nimmt Platz. »Also? Wo ist Ihre Tochter?«

»Sie werden mir das nicht glauben, Sir«, wimmert McBean.

»Sagen Sie mir, was Sie wissen, ich entscheide, was daran glaubhaft ist und was nicht.«

»Vor ein paar Wochen«, beginnt der Doktor stockend, »wurde ich nach Balmoral Castle berufen, um das Lieblingspferd der Queen zu behandeln.«

»Das weiß ich bereits. Was weiter?«

»Das königliche Pferd hatte sich überfressen. Im Bereich der Drosselrinne waren Gemüseschnitze aufgequollen und verursachten dem Tier ...«

»Verschonen Sie mich mit Details«, geht Traddles dazwischen. »Weiter.«

»Die Wahrheit ist, dass nicht ich die Diagnose stellte, die das Pferd gerettet hat, sondern Belle. Ohne ihre Hilfe wäre der Wallach wahrscheinlich eingegangen.«

»Und dann?«

»Die Königin hat sich persönlich bei Belle bedankt.«

»Die Queen war zugegen?«, fragt Algernon überrascht. »Im Pferdestall?«

»Ihre Majestät war sehr freundlich zu uns. Danach wollte

Belle gleich wieder heimfahren, aber es war eine schrecklich neblige Nacht. Wir kamen vom Weg ab, unser Wagen stürzte um und Belle verlor das Bewusstsein. Ich hatte nicht die Kraft, sie auf ein Pferd zu heben, darum bin ich allein losgeritten, um Hilfe zu holen.«

»Sie haben Belle schutzlos im Moor zurückgelassen?«

»Was hätte ich sonst tun sollen? Ich ritt also fort und ...« Der Doktor leckt sich über die Lippen. »Hätten Sie etwas dagegen, wenn ich einen kleinen Schluck trinke?« Er zeigt zum Regal, wo er den Gin aufbewahrt.

»Erst, wenn Sie alles erzählt haben«, antwortet Algernon.

»Also gut. Ich ritt verzweifelt durch die Nacht. Und dann habe ich es ganz zufällig gefunden.«

»Was gefunden?« Algernon beugt sich vor.

»Kinord Castle.«

»Ein Schloss?«

»Ein schwarzes Schloss, vielmehr eine Ruine. Sie liegt etwa eine halbe Stunde von Balmoral entfernt.«

»Etwa auf dem Gebiet des königlichen Anwesens?« Algernon und der Sergeant wechseln einen Blick. »Wollen Sie damit sagen, auf dem Privatbesitz der Queen gibt es ein Schloss, das auf keiner Landkarte verzeichnet ist?«

»Nicht nur das.« Der Doktor rappelt sich mühsam auf. »Es gibt da noch mehr, was unbekannt, aber vor allem ... Schrecken erregend ist.«

»Und was könnte das sein?«

»Da ist jemand ... ein Geschöpf, Sir, wie ich noch keines gesehen habe. Es ist halb Mensch und halb Tier. Es besitzt unfassbare Kräfte und ist beseelt von furchtbarer Grausamkeit.«

»Und dieses Geschöpf haben Sie mit eigenen Augen gesehen?«

»Ich habe seine Gewalttätigkeit sogar am eigenen Leib verspürt.« Der Doc zeigt auf die Verbände in seinem Gesicht und an den Armen. »Es ist ein Monster, Sir, eine menschenverachtende Bestie. Und dieses Untier hat Belle ... Er hat sie ...« Bei der Erinnerung an das Erlebnis beginnen die Lippen des alten Mannes zu zittern.

»Weiter. Was hat dieses Ungeheuer Belle angetan?«

Algernon bedeutet dem Sergeant, sich zu setzen. Dieser nimmt auf einem Melkschemel Platz. Gemeinsam lauschen sie der Schilderung des verzweifelten Tierarztes.

21

Als Belle heute Morgen erwacht, fühlt sie sich wie ausgewechselt. Fort sind Ängste und Zweifel, eine ungewöhnliche Fröhlichkeit lässt sie vor Lebenslust fast platzen. Etwas in ihrem Herzen hat sich geöffnet, etwas Neues, Wunderschönes. Eine Rose hat sich entfaltet, die leuchtet und blüht. Belle will diese Rose nicht für sich allein behalten, sie hat vor, ihr frohes Gefühl mit jemandem zu teilen.

»Ich habe heute Geburtstag.« Mit diesen Worten betritt sie die Terrasse, wo der Schlossherr sie schon erwartet. Das Wetter ist anhaltend schön, die Tage, an denen sie die Mahlzeiten im Speisesaal einnehmen mussten, scheinen vorbei zu sein. Endlich wird es Frühling in Schottland.

»Du hast Geburtstag? Wie alt wirst du?« Er steht auf und zieht den Stuhl für Belle zurück.

»Siebzehn Jahre«, nickt sie stolz. »Heute bin ich sagenhafte siebzehn Jahre alt.«

»Siebzehn, tatsächlich?« Er schmunzelt. »Das muss natürlich gefeiert werden.«

»Wenn ich in Aberdeen wäre, würde ich es auch feiern.«

»Wieso nur in Aberdeen?« Aus einer zierlichen Kanne gießt

seine mächtige Hand Tee in ihre Tasse. »Auch auf Kinord Castle versteht man, Feste zu feiern.«

»Wirklich?« Belle dreht sich zu dem verwitterten Gemäuer um. »Das sieht mir aber nicht danach aus.«

»Lass mich nur machen. Das soll eine Geburtstagsfeier werden, wie du sie nicht so schnell vergessen wirst.«

»Meinst du das im Ernst?« Belle lacht. »Ein Geburtstag in diesen feuchten Mauern ...« Sie stockt. Sie wollte ihn nicht beleidigen.

Er nickt verständnisvoll. »Ein Geburtstag mit mir dürfte ein ziemliches Gruselkabinett werden, das wolltest du doch sagen?«

»Nein, ich dachte nur ...«

»Gib mir wenigstens die Chance, dich vom Gegenteil zu überzeugen. Dazu ist es allerdings nötig, dass du dich ein paar Stunden vom Schloss entfernst.«

»Eine Überraschungsparty?« Belle schlägt die Hände zusammen. Sie kann sich kaum vorstellen, wie er binnen weniger Stunden aus der Ruine einen festlichen Ort machen will. Doch die Vorfreude reicht aus, dass sie unbeschwert aufspringt und über die Terrasse tanzt. »Ich frage mich nur, wo das Orchester für unser Fest herkommen soll!«

»Hab ein wenig Geduld.« Auch er steht auf. »Es wird an nichts fehlen.«

Belle tanzt ihm praktisch in die Arme. Sie fühlt seine kräftige Brust und schaut in seine leuchtenden Augen. Am liebsten hätte sie, dass er sie umfasst und mit ihr über die Steinterrasse wirbelt, doch der Schlossherr tritt zurück und senkt den Blick.

»Entschuldige«, sagt er beklommen.

Sie drängt ihn nicht, mit ihr zu tanzen. Vielleicht wird sich am Abend, auf ihrem Fest, die Gelegenheit dazu bieten. »Ich frage mich, was ich anziehen soll.« Mit gespielter Affektiertheit streicht Belle ihre Taille entlang.

»Miss Morphed wird dafür sorgen.«

»Wie sollte sie in dieser Wildnis wohl plötzlich ein Ballkleid auftreiben?«

»Lass das unsere Sorge sein«, erwidert er, ohne darauf einzugehen. »Also, du lässt mich das Fest in Ruhe vorbereiten?«

»Wie du willst. Ich werde so lange spazieren gehen.« Belle weist hinaus in die lichtdurchflutete Landschaft.

»Geh aber nicht zu weit.«

»Hast du Angst, ich könnte davonlaufen?« Liebevoll betrachtet sie ihn. »Wenn ich das wollte, hätte ich bereits genügend Gelegenheiten dafür gehabt. Und ich werde wohl kaum so dumm sein, meine eigene Geburtstagsparty zu verpassen.«

Seine Züge entspannen sich. »Ich freue mich schon darauf.«

»Bis später also!« Belle läuft von der Terrasse ins Innere des Schlosses.

»Bis später«, antwortet er. Schwermut ist plötzlich in seinem Blick.

* * *

Es fühlt sich tatsächlich wie Freiheit an. Seit Belle das morsche Tor und die eingesunkenen Mauern der Umzäunung hinter sich gelassen hat, wird der Gedanke immer stärker in ihr: Was wäre, wenn sie einfach auf dem efeugesäumten Weg, auf dem Pfad durch das Hochmoor weitergehen würde, immer weiter, bis die ersten Häuser auftauchen und sie in die Zivilisation zurückgekehrt wäre?

Sosehr sie sich ihren Aufenthalt auf Kinord Castle auch schönzureden versucht, befindet sie sich nach wie vor in Gefangenschaft. In dem Schloss haust ein ungebändigtes, zugleich feinsinniges Geschöpf, das aus einer Zeit zu stammen scheint, als Tier und Mensch noch nicht endgültig voneinander getrennt waren. Er hat sich sein düsteres Heim mit der Nachahmung eines indischen Palastes möbliert, er nahm eine junge Frau kaltblütig als seine Gefangene und als Haustier hält er sich eine Raubkatze. Zu diesem unheimlichen Geschöpf willst du wieder zurückkehren?, fragt sich Belle, während sie befreit durch die vom Frühling erweckte Landschaft läuft. Dieses Moor im Nebel zu durchqueren, war etwas anderes: Jeder Schritt hätte ins Verderben führen können. Jetzt aber, an einem strahlend schönen Tag, ist der Horizont eine leuchtende Verheißung, auf die Belle zulaufen möchte, ohne stehen zu bleiben, ohne je wieder umzukehren.

Die romantische Vorstellung, die der Schlossherr mit seinem geheimen Liebesbekenntnis in ihr ausgelöst hatte, war einzig auf sein Reich, auf Kinord Castle beschränkt, gesteht Belle sich ein. Nur dort kann sie sich ein Glück mit ihm vorstellen, außerhalb nicht. Außerhalb des Bannkreises der Ruine wird es nie ein gemeinsames Leben für sie beide geben. Dieser Gedanke macht Belle auf ihrem Spaziergang plötzlich Angst. Ihr ganzes weiteres Leben auf diesem Schloss zu verbringen, ist unvorstellbar für sie. Nie wieder das Meer sehen, nie mehr am Hafen entlangschlendern und die Menschen treffen, die sie kennt und mag? Nie wieder ihre Tiere streicheln dürfen?

Was würde ich als Gegenleistung bekommen?, überlegt Belle. Das Leben an der Seite eines Ausgestoßenen. Sie denkt das Wort mit Schrecken. Dieser Mann ist aus unserer Welt herausgefallen, er wurde aus ihr verstoßen, um nie wieder in sie zurückzukehren. Was kann es anderes als eine Strafe sein, die ihm auferlegt wurde und deren Verbüßung ihn zu einem so furchtbaren Leben zwingt? Was mag er verbrochen haben, um einen so schrecklichen Fluch heraufbeschworen zu haben? Als Belle sich diese Frage stellt, kommt es ihr wieder vor, als sei sie seine Gefangene – gefangen durch die Gefühle, die sie für ihn hegt und von denen sie sich nicht befreien kann.

»Ich bestimme selbst über mein Schicksal!«, schreit Belle übers Hochmoor. »Ich bestimme selbst, was mit mir geschieht!« Auf keinen Fall will sie an der Seite dieses Mannes ein ähnlich unfreies Leben führen wie das, was sie erwartet hätte, wenn sie Algernon Traddles' Verlobte geworden wäre. Hier draußen, wo alle Grenzen aufgehoben zu sein scheinen, wird ihr das deutlich klar.

Belle bleibt stehen. Nicht nur, weil diese Erkenntnis sie aufs Tiefste verwirrt, sondern auch, weil sie am Ufer des Lochs, jenes schwarzen Gewässers angekommen ist, das das Anwesen von Kinord einsäumt. Hier geht es nicht weiter. Entweder Belle dreht um und kehrt zum Schloss zurück oder sie läuft am Ufer entlang, bis sie den See umrundet hat und freies Gelände vor ihr liegt.

Gerade will sie weitergehen, als sie an einem Seitenarm des Lochs ein Pferd auftauchen sieht. Belle erschrickt heftig. Die Worte ihres Vaters fallen ihr ein, als er über die *Each Uisges* sprach, jene Zauberwesen, die an den Wassern der

Highlands ihr Unwesen treiben. Sollte jenes Tier dort solch ein Gestaltwandler sein, der die Menschen dazu bringt, mit ihnen ins tiefe Wasser zu galoppieren, der sie dann tötet und auffrisst?

Das sind bloß Ammenmärchen. Belle schüttelt unwillig den Kopf. Lass dich davon nicht einschüchtern. Ein Pferd ist keine Spukgestalt. Doch wieso steht ein herrenloses Pferd am Ufer dieses einsamen Gestades? Plötzlich tritt hinter einer Weide ein Mensch hervor. Belle verengt die Augen: ein dunkel gekleideter, kräftiger Mann mit rötlichem Haar ist es. Wenn sie sich nicht täuscht, trägt er eine Polizeiuniform. Was hat er hier im Nirgendwo verloren? Wieso sollte die Polizei dieses Gelände beobachten? Ist man dem Herrn von Kinord Castle bereits auf der Spur?

Obwohl Belle gerade noch zweifelte, ob sie überhaupt aufs Schloss zurückkehren oder lieber in die Freiheit rennen soll, weiß sie mit einem Mal nur eines: Sie muss ihn warnen. Vorsichtig, damit der Mann am Ufer nicht auf sie aufmerksam wird, zieht sie sich zurück. Kaum hat sie eine schützende Baumgruppe erreicht, beginnt Belle zu rennen. So schnell ihre Füße sie tragen, läuft sie zurück zu ihm, in seinen Bannkreis, auf sein unheimliches Schloss.

22

»Ich habe unwiderlegbare Beweise, Eure Majestät, dass sich der Mädchenmörder auf Eurem Territorium versteckt hält.«

»Auf Balmoral?«

»So ist es, Ma'am.« Zum zweiten Mal hat sich Algernon in seinen besten Anzug geworfen, zum zweiten Mal hat er sich zum Schloss der Königin aufgemacht.

»Was sind das für Beweise?« Victoria empfängt Traddles im Audienzsaal. Das ließe sich als besondere Auszeichnung für den Provinzstaatsanwalt ansehen, man könnte es aber auch als schlichte Machtdemonstration deuten.

»Ein weiteres Mädchen ist verschwunden, Majestät«, antwortet Algernon. »Die Tochter unseres Tierarztes.«

Kurz überzieht ein sorgenvoller Ausdruck Victorias Gesicht, doch sie verbirgt ihn hinter der Maske der Monarchin.

Traddles hat die Veränderung dennoch bemerkt. »Ihr kennt das verschwundene Mädchen sogar«, setzt er fort. »Sie war vor Kurzem auf Balmoral Castle und hat zur Genesung Eures wunderbaren Pferdes beigetragen.«

»Sie ist das? Ausgerechnet sie?«, sagt die Queen mit leiser

Stimme. »Dieses Mädchen verstand etwas von Pferden. Hieß sie nicht Belle?«

»Belle McBean, Eure Majestät.«

»Und sie ist verschwunden?«

»Gleich nach ihrem Besuch auf Balmoral.«

Die Seide von Victorias Kleid knistert, als sie sich vorbeugt. »Wieso glauben Sie, dass Belles Verschwinden in Zusammenhang mit dem Mädchenmörder stehen könnte?«

Algernon wagt es, näher zu treten, bis er nur wenige Schritte vom Thron entfernt steht. »Ich bin im Besitz einer Zeugenaussage, wonach sich auf Eurem Grund und Boden ein gefährlicher Unhold versteckt hält. Eine Bestie von fürchterlichem Aussehen, getrieben von einem skrupellosen, verbrecherischen Instinkt. Unzweifelhaft ist er für die Bluttaten verantwortlich, die unsere Grafschaft seit Wochen in Atem halten. Ich hege die Befürchtung, dass meine Einheiten dieses Monsters nicht habhaft werden können, solange sie die Grenzen Eures Privatbesitzes nicht überschreiten dürfen.«

»Es sind nicht *Ihre* Polizeieinheiten, Mister Traddles«, gibt die Queen mit steinerner Miene zurück. »Es sind *meine* Polizeieinheiten. Ich entscheide, wie und wo sie zum Einsatz kommen.« Als Algernon eingeschüchtert schweigt, fährt sie fort: »Nun, und was weiter?«

»Ich bitte untertänigst um Euer Majestät Erlaubnis, meine Jagd nach dem Mörder auf das Gelände von Balmoral ausdehnen zu dürfen.«

»Undenkbar.« Der Lordkämmerer hat bisher geschwiegen, nun geht er entrüstet dazwischen. »Das wäre ein nie da gewesener Vorfall.«

Aller Etikette zum Trotz unterbricht Algernon den obersten Hofbeamten. »Eure Meinung kenne ich bereits, Mylord. Daher bitte ich meine Königin mit allem Respekt, mir die entsprechende Erlaubnis zu erteilen.«

»Wollen Sie etwa meine Privaträume durchsuchen?«, fragt Victoria. »Glauben Sie wirklich, hier hält sich ein Mörder verborgen?«

»Ich habe mich missverständlich ausgedrückt, Ma'am.« Algernon verbeugt sich entschuldigend. »Es gibt kein Indiz, wonach sich der Gesuchte auf Balmoral Castle aufhält. Mich interessiert lediglich die waldreiche Gegend im Nordosten Eures Besitzes, die durch das Hochmoor schwer zugänglich ist.«

»Was hoffen Sie dort zu finden, Mister Traddles?«

»Einen Unterschlupf, Majestät. Ein Haus, vielleicht eine Ruine, irgendein Gemäuer, in das der Gesuchte Belle McBean verschleppt haben könnte.«

»Wir kennen sämtliche Gebäude auf dem Anwesen Ihrer Majestät«, behauptet der Lordkämmerer. »Ihre Unterstellung ist impertinent.«

Die Königin bedeutet ihm, den Staatsanwalt ausreden zu lassen. »Wie würde eine solche Untersuchung vor sich gehen?«

»Mit Umsicht, Majestät. Meine ... Ich wollte sagen, *Eure* Polizeieinheiten, würden nicht einmal in die Nähe von Balmoral Castle kommen. Wir konzentrieren uns auf den Nordosten.«

»Wann soll das stattfinden?«

»So bald wie möglich«, antwortet Algernon, verblüfft über die sachliche Reaktion der Queen. »Am besten noch heute.«

»Heute? Nein, das nicht.« Victoria lässt ihre Hände auf die Armlehnen des Thrones sinken. »Mister Traddles, ich erteile Ihnen die Genehmigung, Nachforschungen auf meinem Privatbesitz anzustellen. Unter Einhaltung der nötigen Diskretion darf Ihr Einsatz morgen früh beginnen.«

»Morgen erst, Ma'am?« Algernon sucht nach den rechten Worten. »Ein solcher Aufschub könnte dem Täter Gelegenheit geben zu fliehen.«

»Wer sollte ihn denn warnen?«, fragt die Queen mit hochgezogenen Brauen.

»Vielleicht wurde er schon gewarnt, Majestät. Ich muss darauf hinweisen, dass ein solcher Zeitaufschub ...«

»Sie haben Ihre Königin gehört«, geht der Lordkämmerer dazwischen. »Walten Sie Ihres Amtes mit besonderer Sorgfalt, Mister Traddles.«

»Das will ich, Mylord.«

»Morgen also«, bekräftigt der Kämmerer, da die Queen schweigt. »Ab neun Uhr früh darf die Polizei nordöstlich von Balmoral einrücken.«

Ein kurzes Nicken der Queen zum Zeichen, dass die Audienz beendet ist. Wie es das Zeremoniell verlangt, bewegt Traddles sich rückwärts, bis er die Tür in seinem Rücken spürt. Mit einer letzten Verbeugung verlässt er den Saal Ihrer Majestät.

»Morgen ist es zu spät«, murmelt er, während er eilig die Stufen abwärtsläuft. »Bis morgen kann noch so viel passieren.« Vorbei an der Palastwache verlässt der Staatsanwalt Balmoral Castle und macht sich auf den Rückweg nach Aberdeen.

23

Atemlos kommt Belle aus dem Hochmoor zurück, atemlos will sie dem Schlossherrn von ihren Beobachtungen berichten, doch nicht er, sondern Miss Morphed nimmt Belle in Empfang.

»Ich habe den Auftrag, dich einzukleiden«, sagt sie und schickt sich an, Belle ins Turmzimmer zu führen.

»Das kann warten. Zuerst muss ich ihn sprechen.«

»Was gibt es denn so Wichtiges?«, erwidert die dunkle Frau. »Kannst du es nicht mir erzählen?«

Belle mustert die Haushälterin. Was kann es schon schaden, Miss Morphed ihre Beobachtung mitzuteilen? »Ich habe einen Mann gesehen, und zwar am Ufer des Lochs«, antwortet Belle. »Mir schien es, als ob er Kinord Castle beobachten würde.«

»Ein Mann? Kannst du ihn näher beschreiben?« Miss Morphed geht Belle auf der Treppe voraus.

»Er trug eine Uniform. Kann es sein, dass die Polizei sich für das Schloss interessiert?«

»Das ist unmöglich.« Miss Morphed öffnet die Tür zu Belles Zimmer. »Die Polizei hat keinen Zutritt zu den Gütern der

Queen. Hier wirst du auf vielen Meilen im Umkreis nur eine Uniform antreffen: die der königlichen Jäger.«

Hinter Miss Morphed betritt Belle das Turmzimmer. »Irgendwann könnte einer der Jäger doch entdeckt haben, dass Kinord Castle bewohnt ist, und könnte es der Königin mitgeteilt haben. Wenn die Queen wüsste, dass hier jemand lebt ...«

»Mach dir darum keine Gedanken«, unterbricht sie Miss Morphed. »Der Schutz unserer Königin gehört sogar einem wie ihm.«

»Der Schutz?« Belle wird hellhörig. Gern würde sie weitere Fragen stellen, doch im nächsten Moment ist sie außerstande, sich länger mit solchen Vermutungen zu beschäftigen. Da liegt ein Kleid auf ihrem Bett, wie Belle ein so schönes noch nie gesehen hat. Es besteht aus blauer Seide, das Oberteil ist ein schmal geschnittenes Mieder, das die Schultern und Arme freilässt. Es hat eine Schleppe aus schwerem Material und ist über und über mit Perlen bestickt.

»Es ist aus echtem Atlas«, sagt Miss Morphed und hilft Belle beim Ankleiden.

»Wo haben Sie in so kurzer Zeit ein solches Kleid aufgetrieben?« Belle lässt ihre eigenen Sachen fallen.

»Beeil dich«, antwortete Miss Morphed ausweichend. »In wenigen Minuten beginnt dein Fest.«

Als Belle in dem Kleid vor den Spiegel tritt, sind all ihre Fragen für den Moment vergessen. Die schöne junge Frau, die ihr da entgegenblickt, kann unmöglich sie selbst sein! Und doch, der Spiegel lügt nicht. Sie dreht und wendet sich, sie kann sich an ihrem verzauberten Selbst fast nicht sattsehen.

Plötzlich beginnt draußen ein Orchester zu spielen.

»Was ist das?« Schnell verlässt Belle ihr Zimmer und läuft aufgeregt ins Freie.

* * *

Hoch oben von der Terrasse schaut Belle über den Park. Sie hat sich nicht vorstellen können, wie man in den schroffen Mauern von Kinord ein heiteres Geburtstagsfest ausrichten sollte, umso überraschter ist sie, was der Hausherr sich einfallen ließ: Als ob sie in einem südlichen Land wären, hat er alles nach draußen geschafft, was zu einem richtigen Fest gehört – Lampions und Fackeln, sogar bengalische Feuer. Speisen und Getränke stehen auf einer langen Tafel bereit, Kissen wurden zwanglos in die Natur gelegt und mit weichen Teppichen bedeckt. Es ist ein Geburtstagsfest unter Bäumen!

»Willkommen«, sagt der Schlossherr von dort unten und streckt die Hand nach Belle aus.

Über die breite, eingesunkene Treppe läuft sie ihm entgegen, anmutsvoll, erfüllt von Glück und Freude, umweht von dem tiefblauen Kleid, das Belle im Licht der Nacht wie eine Königin aussehen lässt.

Am Fuß der Treppe nimmt er sie in Empfang. »Du bist die schönste Frau, die ich je gesehen habe.« Er beugt sich über ihre Hand. »Ich weiß, das klingt nach keinem besonderen Kompliment, da ich in meiner Einöde außer Miss Morphed ohnehin nie eine Frau zu sehen bekomme.«

»Ich danke dir trotzdem«, flüstert sie überwältigt. »Aber du …« Sie betrachtet ihn von oben bis unten. »Du hast dich auch fein gemacht.«

»Findest du?«

Er trägt einen mitternachtsblauen Frack, eine locker gebundene Krawatte, eine weiße Weste und eng anliegende Hosen. Seine Stiefel lassen Belle an Militärstiefel denken.

»Woher kommt diese Musik?« Ihr ist, als ob überall in den Bäumen Musiker sitzen und zu Belles Fest aufspielen würden.

»Das ist ein Orchestrion.« Der Hausherr zieht einen Vorhang beiseite und präsentiert das Wunderwerk. »Dieses mechanische Orchester wurde vor Kurzem auf der Weltausstellung in London vorgestellt. Es kann ganze Symphonien spielen, Militärmärsche und sogar Tanzmusik.«

Ungläubig betrachtet Belle die zahllosen Pfeifen und Trompetenhälse, die zusammen ein wohlklingendes Konzert anstimmen.

»Willst du etwas essen oder trinken?« Er weist zur Tafel.

»Nein, ich möchte am liebsten tanzen. Den ganzen Abend, die ganze Nacht hindurch will ich tanzen!«

»Ich fürchte, dass ich leider keinen geeigneten Tanzpartner für dich eingeladen habe.« Er zeigt dorthin, wo sich der einsame, doch magisch erleuchtete Wald um sie ausbreitet.

»Wozu auch? Ich habe mir meinen Partner bereits ausgesucht.« Scheu lächelnd tritt sie näher.

»Mich?«, fragt er überrascht. »Ich glaube, an mir wirst du keine besondere Freude haben.«

»Jemand, der ein Orchester in der Wildnis zum Erklingen bringt, weiß bestimmt auch, wie man tanzt.«

»Ich trete dir nur auf die Füße«, antwortet er abwehrend, als Belle sich einfach in seinen Arm schmiegt.

»Ich lasse es darauf ankommen.«

Der Waldboden ist uneben, Dornen und Farne kriechen darüber hin, doch Belle und ihr Gastgeber beginnen, sich zu der Musik zu bewegen. Vorsichtig zuerst drehen sie sich im Kreis, doch bald tanzen sie, als ob sie über geschliffenen Marmor springen würden. Tanzend bewegen sie sich zwischen den Bäumen, überspringen einen Wasserlauf, sie tanzen durch die unberührte Natur und sind dabei so innig miteinander verbunden, dass Belles Herz wild zu schlagen beginnt. Der Körper dieses Mannes ist ihr nicht fremd; sie hat ihn durch das Moor gezerrt, hat ihn ausgezogen und seine Wunden verbunden, sie hat auch seine ungeheure Kraft zu spüren bekommen. Doch nie war ihr aufgefallen, welche Grazie dieses Wesen besitzt, wie leichtfüßig er sein kann, wie zart er Belle im Arm hält, wie er sie führt und sich zugleich von ihr führen lässt.

Sie lässt sich an seine Brust sinken und spürt dabei einen harten Gegenstand. Als sie ihn aus der Nähe betrachtet, fällt ihr auf seiner Krawatte eine mit Edelsteinen besetzte Nadel auf. Winzige Diamanten funkeln im Schein des bengalischen Feuers.

»Was ist das?«, fragt Belle mitten im Tanz.

»Ein altes Schmuckstück. Ich weiß gar nicht mehr, woher ich es habe.«

Belle spürt, dass er ihr nicht die Wahrheit sagt. Während sie an die Tafel mit den Erfrischungen tanzen, betrachtet sie die Spange eingehender.

Da sind zwei ineinander verschlungene Buchstaben: der eine ist ein A, der andere könnte ein V sein. Darüber wölbt sich eine winzige Krone. Auch wenn Belle keine Expertin ist, weiß sie doch, dies ist eine Nachbildung der Krone von

Queen Victoria. Wieso trägt der Tiermensch, der Ausgestoßene, das Emblem der Königin? Was hat es wirklich damit auf sich, dass er unbehelligt auf ihrem Land leben darf? Diese Fragen brennen Belle auf der Seele, sie will endlich Antworten erhalten. Zugleich hat sich ihr Gastgeber solche Mühe gegeben, diesen wunderbaren Ball für sie auszurichten. Sie bringt es nicht übers Herz, ihn danach zu fragen.

Der Schlossherr erhebt eine geschliffene Karaffe. »Ein Schluck Wein?«

Belle nickt und er gießt ein. Hell klingen ihre Gläser gegeneinander.

»Alles Gute zum Geburtstag.«

»Ich danke dir. Danke für diesen paradiesischen Abend.«

»Ich habe auch ein Geschenk für dich.«

»Noch eins?« Sie lacht neugierig. »Du beschenkst mich doch in einem fort.«

»Nein, das tue ich nicht.« Seine Augen verdüstern sich. »Sieh dich um, Belle. Gehört ein junges Mädchen hierher, in eine solche Umgebung?«

»Warum nicht?«, fragt sie mit unsicherer Stimme.

»Weil du nicht unter Menschen bist«, antwortet er hart. »Hier sind nur Einöde, Moor und Fäulnis, hier bin nur ich. Du aber gehörst unter deinesgleichen.«

»Mich interessiert die Gesellschaft der normalen Menschen nicht«, beeilt sie sich zu sagen. »Das war schon so, bevor ich dich kannte, das war schon so, als ich noch in Aberdeen lebte.«

Unwillig schüttelt er den Kopf. »Ich halte dich hier gefangen. Das ist ein unwürdiger Zustand für uns beide.« Sie will etwas entgegnen, doch er hebt die Hand. »Du hast den

Schwur, den du mir gabst, mehr als erfüllt. Anstelle deines Vaters bist du auf dem Schloss geblieben. Du warst tapfer und treu, ich verdanke dir sogar mein Leben. Jetzt aber, Belle, hast du deine Schuldigkeit getan. Darum schenke ich dir heute Nacht, an deinem siebzehnten Geburtstag, die Freiheit.«

Bewegt wendet er den Blick ab. Seine Hand hält das Weinglas so stark umkrampft, dass es zerbricht. Rot wie Blut tropft der Wein auf den Waldboden.

Belle kann nicht fassen, was gerade geschieht. Wollte sie nicht vor wenigen Stunden selbst noch diesem Ort entfliehen? Hat sie nicht darüber nachgedacht, wie es wäre, in ihre gewohnte Umgebung, zu den Menschen zurückzukehren? Doch jetzt, da der Tiermensch es ihr vorschlägt, ist die Vorstellung fast unerträglich für sie. Alles wird ihr in diesem Augenblick unerträglich, die grelle Musik, die bunten Lichter, der Feuerzauber, das ganze Geburtstagsfest. All das ist falsch, denkt sie, alles ist unecht, alles hier ahmt die Wirklichkeit nur nach. Was ich auf Kinord Castle erlebe, ist nur Fassade, eine Maske, hinter der sich die Wirklichkeit verbirgt.

»Ich will die Wahrheit wissen«, sagt sie glühend. »Die Wahrheit soll mein Geburtstagsgeschenk sein. Wer bist du? Wer warst du? Was hat es mit diesem indischen Zauber auf sich, mit dem du dich in deiner Abgeschiedenheit umgibst? Wieso versteckst du diesen Dolch in deinem Schrein, eine Waffe, um die sich eine blutende Blume rankt? Ich will wissen, wieso es keine Tiere auf Kinord Castle gibt, kein einziges Tier, bis auf den Panther.«

Der Schlossherr ringt nach Worten, doch er antwortet nicht.

Belle tritt dicht vor ihn und nimmt seine Hand. »Ich will wissen, wie es dir gelungen ist, dich all die Jahre auf dem Land der Königin zu verstecken. Weshalb trägst du ihr Emblem auf deinem Hemd? Ich will erfahren, wie du zu dem wurdest, der du bist.« Sie schaut in seine verschatteten Augen. »Erst wenn ich das weiß, wenn ich deine Sorgen, dein Leid, deine wahre Verzweiflung kenne, erst dann kann ich entscheiden, ob ich hierbleiben oder zu den Menschen zurückkehren will. Die angebliche Freiheit, die du mir schenkst, bedeutet mir nichts, wenn du das Geheimnis deiner Existenz weiterhin vor mir verschleierst.«

Der Tiermensch steht nur da, den Kopf gesenkt, und starrt vor sich hin. Es ist, als ob Belles Fragen ihn versteinert hätten.

Nach einer Weile, in der das Orchestrion quälend laut weiterspielt, murmelt er: »Ich kann nicht aus meiner Haut heraus, Belle. Es ist unmöglich. Sie ist mir übergestülpt worden, bis ich sterbe.« Ein Seufzer durchschauert ihn. »Oh, könnte ich nur endlich sterben!«

»Sterben willst du? Warum?«, entgegnet Belle erschrocken. »Weshalb kannst du mir nicht sagen, was dich im Innersten gefangen hält?«

»Weil das Geheimnis auf ewig verschlossen bleiben muss«, antwortet er mit seiner dunklen Stimme. »Niemand darf es jemals öffnen.«

»Öffne dich mir!«

»Es ist zu schrecklich, zu widerwärtig.«

»Was ist denn so schrecklich?«, fragt Belle eindringlich.

»Meine Schuld.« Bei diesen Worten fletscht er die Zähne. »Frag mich nicht, frag nicht weiter oder es ist um dich geschehen.«

»Deine *Schuld?*«, flüstert Belle. »Wer bist du? Welche Schuld solltest du begangen haben?«

Hoch aufgerichtet steht er da. »Ich bin der, der Mädchen in seiner Gewalt hält«, bricht es aus ihm hervor. »Ich bin das Monster mit der grauenvollen Gestalt. Ich bin all das, was die Menschen in ihrem Innersten fürchten.«

»Was hast du nur getan? Du musst etwas Fürchterliches verbrochen haben, wenn du mit solchem Leid bestraft wurdest.«

»Mein Leid ist nicht halb so groß wie das Leid, das ich anderen zugefügt habe. Darum geh jetzt, Belle. Verlasse mich, bevor es zu spät ist.«

»Ich kann nicht«, ruft sie und beginnt zu weinen.

»Muss ich dich erst töten?«, brüllt der Tiermensch. »Muss ich dir erst durch Grausamkeit beweisen, wie gefährlich ich bin?«

»Töte mich, wenn es sein muss!« Die Tränen laufen Belle übers Gesicht. Blindlings stürzt sie auf ihn los und schlägt, wohin sie trifft, seine Brust, die Arme, sein Gesicht. Er wehrt sich nicht, er hebt nicht einmal die Hand.

»Ich kann nicht fort von dir, bevor ich nicht alles weiß.« Belle lässt die Fäuste sinken. »Du hast mich in dein Schicksal verwoben. Nun muss ich bei dir bleiben, bis es vollends gelöst ist.«

»Oh Gott, Belle.« Wut und Wildheit fallen von ihm ab. Der Schlossherr steht da, als ob er im nächsten Moment zusammenbrechen würde.

Vorsichtig ergreift sie seine Hand und öffnet die Finger. »Sieh nur, was du getan hast.« Sein Handballen ist blutig von dem Schnitt das Glases. Belle nimmt ihr Taschentuch und reinigt die Wunde. Sie starrt den blutig roten Fleck an. »Ich will deinen Dolch noch einmal sehen«, flüstert sie.

»Nein.« Er versucht, ihr die Hand zu entziehen.

»Der Dolch, die Blume – darin liegt die Antwort auf dein Geheimnis.«

»Ich kann nicht, Belle«, antwortet er trostlos. »Dieser Dolch muss verschlossen bleiben, so wie alles andere auch.« Bevor sie etwas erwidern kann, hebt er die blutende Hand. »Und jetzt müssen wir unser Fest beenden.«

»Es hat doch gerade erst begonnen«, sagt sie traurig, obwohl auch Belle spürt, die Zeit zum Feiern ist vorbei.

»Ich will die Lichter löschen.«

Sie wirft einen langen Blick auf die Kostbarkeiten, die er in den nächtlichen Wald geschafft hat, um ihr eine Freude zu bereiten. Den Feuerzauber, die bunten Kissen, das köstliche Mahl und das fröhliche Orchestrion, dessen lautstarke Untermalung Belle mit einem Mal wie ein Hohn auf die ausweglose Lage vorkommt, in der sie sich befinden.

Der Schlossherr nimmt ein Glas vom Tisch und führt es Belle an den Mund. »Trink einen letzten Schluck. Das ist ein alter Wein. Lange hat ihn niemand getrunken und für Ewigkeiten wird ihn nun niemand mehr genießen.«

Belle tut, was er sagt. Der Wein schmeckt dunkel und schwer, als ob auch ihm ein Zauber innewohnen würde. Sie leert das Glas bis auf den Grund, sie will jegliche Vernunft aus ihrem Kopf vertreiben, die Verzweiflung und auch ihre quälenden Fragen. Mit der Hand wischt sie über den Mund. »So. Bist du jetzt zufrieden?«

»Wie sollte ich zufrieden sein, wenn ich dich an deinem Geburtstag unglücklich mache?«

Beide schweigen. Beide spüren, Worte sind keine Brücken mehr zwischen ihnen, sondern Fallen und Abgründe, die sie nur tiefer in den Schmerz hineinreißen.

»Du solltest jetzt besser schlafen gehen«, sagt er schließlich.

Belle will noch nicht fort. »Und das Kleid?«, fragt sie mit erzwungener Heiterkeit. »Was soll mit dem Kleid geschehen?«

»Du kannst es behalten.«

»Danke.« Sie stellt das Glas ab. Der Nachgeschmack des Weines ist rauchig und herb, genau, wie ihr ums Herz ist.

Belle und der Tiermensch sehen einander an und wissen, dass ihr schönster und innigster Moment von kurzer Dauer war. Sie begreifen, dass es an diesem Ort keine Freude, keine Heiterkeit und auch keine Liebe geben kann. Noch wissen sie nicht, dass sich aus der Tiefe des Waldes in diesem Augenblick ein Fahrzeug nähert. Eine pechschwarze Kutsche, an deren Türen das gleiche Emblem prangt, das Belle auf der Krawatte des Schlossherrn sah: die Krone der Monarchin, die Krone der obersten Macht im Britischen Empire. Die Pferde greifen weit aus, die Kutsche fliegt förmlich über den nächtlichen Pfad dahin.

24

Aus der Kutsche steigt niemand anderes als die Königin selbst.

»Eure Majestät!« Belle erstarrt.

Die Musik verstummt, der Mann im mitternachtsblauen Frack hat das Orchestrion abgeschaltet. Er verneigt sich vor der Monarchin.

»Ich habe mit Euch zu sprechen«, sagt die Queen zum Herrn von Kinord Castle.

»Dann will ich mich zurückziehen.« Belle kommt aus ihrer Verbeugung hoch.

»Bleib nur, mein Kind.« Victoria, Königin von England, steht inmitten des Waldes und wirkt dabei so hoheitsvoll, als gäbe es nichts Natürlicheres als ihr Erscheinen in der Wildnis. »Man feiert hier ein Fest?«, fragt sie.

»Belle hat Geburtstag, Majestät«, antwortet der Schlossherr.

»Du wirst noch viele Geburtstage feiern, Kind«, sagt die Königin ernst. »Aber nicht heute.« Zu ihm gewandt fährt sie fort: »Es ist so weit.«

»Heute Nacht?« In seiner Stimme klingt weniger Überraschung als Wehmut.

»Ihr müsst Euch augenblicklich in Sicherheit bringen, wenn Euch Euer Leben lieb ist. Ich bin außerstande, Euch weiterhin zu beschützen.«

»Wann werden sie kommen?«, erwidert er beherrscht.

»Ihr habt noch Aufschub bis morgen früh. Ich habe dem Staatsanwalt strikte Order erteilt.« Man sieht der Queen die Mühe an, die solche Worte für sie bedeuten.

Belle hat bis jetzt geschwiegen. Was hätte sie auch zu sagen, wenn ihre Königin mit dem Tiermenschen im Wald eine Unterhaltung führt, als gäbe es nichts Natürlicheres auf der Welt? Jetzt bricht es aus ihr heraus: »Dem Staatsanwalt von Aberdeen? Meint Ihr Mister Traddles, Eure Majestät?«

»Du kennst ihn, Kind?«

»Ich soll ihn heiraten, Ma'am.«

»Heiraten?« Der Schlossherr fährt so heftig herum, als ob Belle ihn geschlagen hätte. »Heiraten?«, wiederholt er mit weit aufgerissenen Augen. »Du bist verlobt?«

»Nein. Das heißt ... Algernon wünscht sich unsere Verlobung, aber ...«

»Algernon? So vertraut seid ihr schon miteinander?«, fährt der Tiermensch sie an. »Und du? Willst du ihn auch?«

Mit einer Handbewegung unterbricht ihn die Queen. »Dafür ist jetzt keine Zeit.« Sie zeigt zur Kutsche. »Du begleitest mich, Belle. Und Ihr ...« Nachdenklich, mit deutlich weicherem Gesichtsausdruck, tritt sie an den Tiermenschen heran. »Und *du*«, fährt sie fort, »du solltest alle notwendigen Vorbereitungen treffen.« Das klingt anders als der bisherige herrschaftliche Ton. Das klingt besorgt, voll Wärme, das klingt liebevoll.

»Ja, Eure Majestät«, antwortet das Wesen und sieht mit

seinen leuchtend blauen Augen die Königin an. »Ja, Mummy. Ich tue, was du befiehlst.«

»Mummy?«, flüstert Belle atemlos. »*Mutter?*« Sie starrt ihn an. »Du bist ...« Sie starrt die Königin an. »Sie sind ...«

»Komm, Kind, wir brechen auf.« Victoria kehrt zur Kutsche zurück. »Ich bringe dich in Sicherheit.«

»Aber er braucht mich!« In ihrer Verwirrung rennt Belle zu dem Wesen im mitternachtsblauen Frack und schiebt ihre Hand in die seine.

»Lass mich«, sagt er und erwidert ihren Händedruck nicht.

»Was hast du?« Sie sucht seinen Blick.

»Ich habe zu tun.«

»Ich liebe Algernon nicht«, beteuert sie.

»Wem immer du deine Liebe schenkst, damit habe ich nichts zu schaffen.« Er zieht seine Hand zurück. »Geh jetzt mit der Königin.«

Hilflos und überfordert steht Belle zwischen der Queen und ihrem Sohn. Die Buchstaben auf der Diamantennadel bekommen plötzlich einen Sinn. V steht für Victoria, das ist klar, was aber bedeutet das A? Die Queen hat neun Kinder, das weiß jeder, doch Belle ist im Moment nicht in der Lage, sich deren Namen in Erinnerung zu rufen. Victorias ältester Sohn heißt Albert und wird im Volksmund *Bertie* genannt. Doch der Thronfolger sieht definitiv anders aus als der Schlossherr von Kinord Castle.

»Geh«, sagt er drängend.

»Komm«, wiederholt die Königin.

Langsam, ohne zu merken, dass ihre Füße sich bewegen, folgt Belle der Queen in die Kutsche und wirft einen letzten Blick auf die Gestalt im Dickicht, auf jenes geliebte Wesen, das sie nun zurücklassen muss. Dort steht er mit gesenktem Haupt, um ihn leuchten und zischen die bengalischen Feuer. Dort steht das verstummte Orchestrion, das eben noch seine ausgelassene Stimmung verströmte. Dort, auf dem breiten Ast eines Baumes, liegt der Panther und schaut unbewegt auf das Geschehen.

»Bis bald«, ruft Belle dem Schlossherrn zu.

»Leb wohl«, antwortet er leise.

Die Tür fällt zu. Die Kutsche Ihrer Majestät setzt sich in Bewegung.

Was Belle nicht mehr sieht, ist, wie der Schlossherr den Blick zum Panther erhebt. »Na, alter Freund?«, sagt er mit erstickter Stimme. »Ich und du, mein geliebter Feind, wir sind nun an dieser allerletzten Station angekommen.«

Der Panther streckt sich und schlägt seine Klauen ins Holz des Astes.

»Wir sollten noch ein wenig aufräumen, bevor wir das Schloss verlassen«, sagt der Tiermensch düster und lacht laut los. Schaurig klingt sein Lachen von den Mauern zurück.

»Miss Morphed«, ruft er, zum Schloss gewandt.

Nichts als die Geräusche des nächtlichen Waldes antworten ihm.

»Das ist typisch «, murmelt er. »Ein einziges Mal feiern wir einen Ball, und was tut Miss Morphed? Sie legt sich schlafen.« Er nimmt eine Fackel aus der Verankerung und taucht die Flamme in eine brackige Pfütze, bis sie erlischt.

25

Zu der Zeit, als das Fest auf Kinord endet, als die Kutsche der Königin nach Balmoral zurückkehrt, zu ebendieser Zeit erreicht eine Reiterin die Stadtgrenze von Aberdeen. Die schwarz gekleidete Frau im roten Umhang feuert ihr Pferd an. In ausdauerndem Galopp hat sie es über das Hochmoor gejagt, quer durch die Heide und Richtung Meer. Sie weiß, von welch entscheidender Bedeutung es ist, dass sie dort so schnell wie möglich eintrifft. Die Frau in Schwarz prescht durch die Gassen der Hafenstadt. Vor einem noblen Haus macht sie halt. Sie nimmt sich nicht die Zeit, ihr Tier anzubinden, stattdessen holt sie einen Schlüssel aus der Tasche und sieht sich um, ob jemand in der Nähe ist, der sie beobachtet. Doch die Stadt hat sich längst zur Ruhe begeben. Dann schließt sie auf, schlüpft ins Haus und eilt die Treppe hinauf.

»Steh auf«, flüstert sie, als sie sein Zimmer nicht beleuchtet findet. »Mach schnell.«

»Ich bin längst wach«, antwortet eine Männerstimme aus der Finsternis.

»Was tust du hier im Dunkeln?«

Eine kleine Glut glimmt im Kamin. Davor sitzt ein Mann im Ledersessel. »Ich kann nicht schlafen. Wer könnte in einer Nacht wie dieser ein Auge zutun?« Er streckt die Beine aus. »Morgen um neun Uhr früh werde ich mit dem größten Polizeiaufgebot, das man hier je gesehen hat, in die Wälder von Balmoral einrücken. Bald darauf werde ich Kinord Castle entdecken, zufällig natürlich, genau wie du es mir beschrieben hast. Dann werden wir das Schloss besetzen.«

Algernon dreht sich um und lacht leise. Ein heller, zierlicher Gegenstand befindet sich in seinen Händen. »Und dafür werde ich dir immer dankbar sein, Rudya. Bist du etwa hergekommen, um diese Dankbarkeit von mir einzufordern?«

»Nein, Geliebter.« Sie wirft sich vor ihm auf die Knie. »Ich musste kommen.«

»Wenn dich jemand gesehen hat …«

»Ich musste kommen, weil die Queen deine Pläne durchkreuzen will.«

»Die Königin? Was meinst du?«

»Sie war auf Kinord Castle!«

»Victoria persönlich?« Für einen Augenblick steht Algernon der Schock ins Gesicht geschrieben, dann streicht er nachdenklich über das Ding in seiner Hand. »Solch ein Risiko geht sie ein? Was wollte sie?«

»Sie hat ihn gewarnt. Sie sagte ihm, dass du morgen kommen, dass du nach ihm suchen wirst.«

Mit einem Sprung ist Algernon auf den Beinen. »Was? Sie gibt ihm Gelegenheit zu fliehen?«

Kniend schmiegt sich Miss Morphed an ihn. »So ist es, Geliebter.«

»Lass den Unsinn.« Algernon stößt sie beiseite und stellt den Gegenstand auf den Kaminsims. Es ist eine weiße Maske mit aufgemaltem Mund und geschminkten Wangen.

»Bist du nicht froh, dass ich dich gewarnt habe?«

»Natürlich, doch was nützt mir das?« Er geht im dunklen Zimmer auf und ab. »Die Polizeitruppen werden befehlsgemäß erst morgen früh ausrücken. Bis wir dann endlich auf dem Gelände von Balmoral anlangen, wird sich das Monster längst davongemacht haben. Und ich bin unsterblich blamiert.«

»Du musst etwas dagegen unternehmen.«

»Das werde ich.« Algernon greift nach seinem Gehrock. »Und zwar sofort.«

»Geliebter!« Sie steht auf und will ihn küssen. »Wenn du dein Ziel endlich erreicht hast, werden wir zusammen sein, für immer, so wie du es mir versprochen hast. Küss mich!«

»Reiß dich zusammen, Rudya. Dieses Versprechen ist zur Zeit wirklich das Letzte, woran ich denke.«

»Aber du liebst mich doch?«

»Ja, sicher, das weißt du.«

»Sag es, sag es, mein Geliebter.« Sie bedeckt sein Gesicht mit sehnsüchtigen Küssen.

»Bist du von Sinnen, Weib?« Er packt sie bei den Schultern. »Ich habe drei Mädchen umbringen lassen, und weshalb? Weil sonst in dieser verschlafenen Grafschaft nie etwas passiert wäre, wodurch ein Staatsanwalt sich auszeichnen könnte. Glaubst du, ich will ewig in dieser gottverlassenen Ecke des Königreichs verrotten? Man soll auf mich aufmerksam werden, man muss auf mich aufmerksam werden. Ich will nach London, in die Politik, im Unterhaus will ich Karriere machen. Deshalb muss mein Plan, den Mädchenmörder zu fassen und an den Galgen zu bringen, unbedingt gelingen, und zwar noch heute Nacht. Denn wenn ich das Monster in den Wäldern nicht fasse, dann gibt es keinen anderen Mädchenmörder außer mir selbst. Verstehst du das, du törichtes Weib?«

Sein Blick fällt auf die Maske auf dem Kaminsims, die ihn anzustarren scheint. Unbeherrscht schlägt Algernon mit der Faust dagegen. Das zarte Ding aus Ton zerbricht.

Als hätte sie nicht recht zugehört, antwortet Miss Morphed: »Ach ja, nach London! Wie glücklich werden wir dort sein.«

»*Wir?*«, fragt Algernon eisig.

»Du nimmst mich doch mit.« Sie fällt ihm erneut um den Hals.

Er befreit sich von ihrem Griff. »Das wird nicht so einfach, wie du dir das vorstellst. Du stehst im Dienst der Königin. Nachdem die Bestie zur Strecke gebracht sein wird, musst du selbstverständlich nach Balmoral zurückkehren.«

»Aber wieso? Wollten wir nicht beide ...?«

»Wieso?«, unterbricht er sie. »Weil sonst alles auffliegen würde, meine Liebe. Ich bin der Staatsanwalt. Ich kann nicht mit der Hofdame der Queen, die für das Monster gesorgt hat, ein Verhältnis haben. Nicht nach dem, was heute Nacht passieren wird.« Auf ihren ernüchterten, entsetzten Blick lenkt Algernon ein. »Zumindest nicht sofort. Wir müssen Geduld haben, Rudya. Eines Tages sind wir bestimmt vereint.«

»*Eines Tages?*« Sie ist den Tränen nahe.

»Vielleicht schon bald. Aber bestimmt nicht jetzt gleich.« Er löst sich von ihr und eilt zur Tür.

»Wo willst du hin?«

»Zur Polizeistation. Ich muss meine Einheiten wecken. Wir rücken sofort aus.«

»Und der Befehl der Königin?«

»Wenn ich das Monster erst einmal gefangen habe, fragt niemand mehr nach dem Befehl der Königin.« Er zieht den Gehrock über, auf der Schwelle bleibt er noch einmal stehen. »Am besten, du kehrst sofort nach Kinord zurück. Die Bestie darf keinen Verdacht schöpfen. Alles muss aussehen wie immer.«

Er läuft hinaus, die Tür fällt ins Schloss. Während Miss Morphed vor dem glimmenden Kamin steht und seine harten Tritte auf den Stufen hört, breitet sich ein heftiger Schmerz in ihr aus, der ihr das Herz zudrückt. Es ist der grausamste aller Schmerzen, der Schmerz des Zweifels, der unglücklichen Liebe, die Angst vor dem Verlassenwerden. Der Verdacht keimt in Rudya auf, ausgenutzt worden zu sein. Noch glaubt sie nicht vollends daran, doch die Furcht lässt sich nicht mehr vertreiben. Sie starrt die Scherben auf dem Boden an, als wären sie ein Sinnbild für ihr gebrochenes Herz.

26

»Während meiner langen Regentschaft habe ich versucht, all meinen Völkern Frieden und Wohlstand zu bringen«, sagt Königin Victoria. »Manchmal war dieses Ziel jedoch nur mit den Mitteln der Strenge zu erreichen.«

Eingeschüchtert sitzt Belle der mächtigsten Frau der Welt gegenüber. Wozu soll diese Einleitung dienen? Was veranlasst die Queen, zu einem einfachen Mädchen wie ihr so offen zu sprechen?

»Jahrzehntelang habe ich versucht, dem in sich gespaltenen Subkontinent Indien die Annehmlichkeiten unserer modernen Welt zu bringen. Ich habe das riesige Land mit seinen untereinander zerstrittenen Fürstentümern aus dem Mittelalter herausgeführt, habe Landreformen durchgesetzt und moderne Verwaltungsstrukturen geschaffen.« Victoria seufzt. »Aber die Menschen lassen sich nun einmal nicht gern zu etwas zwingen, selbst wenn es ihr eigenes Glück bedeutet. Die Inder haben gegen meine Verwaltung revoltiert. Es kam zu Aufständen, die so grausam und blutig waren, dass das Britische Empire mit den gleichen Mitteln zurückschlagen musste, um die Ordnung wiederherzustellen.«

Das Gesicht der Monarchin liegt im Halbdunkel, Belle kann ihre Züge nur schemenhaft erkennen.

»Ich habe ein Heer nach Indien geschickt. Unter den kämpfenden Offizieren war auch mein eigener Sohn, Arthur William, der Duke of Cumberwall.«

Arthur, denkt Belle. Sein Name ist Arthur. Endlich weiß ich, wie er heißt. *Arthur*, was für ein schöner Name. Durch ihre schwärmerischen Gedanken abgelenkt, hat sie die letzten Sätze der Queen überhört.

»Vielleicht war Arthur zu jung für diese Aufgabe«, sagt diese gerade. »Vielleicht ließ er sich von den Grausamkeiten des Gegners irreleiten. Er hat selbst unmenschliche und hartherzige Maßnahmen befohlen.«

»Welche Maßnahmen denn?«, fragt Belle und schweigt sofort wieder. Sie hat der Königin von England keine Fragen zu stellen. Doch wie es scheint, ist es eine Erleichterung für die alte Frau, diese Dinge endlich einmal auszusprechen.

»Arthur hatte meine Kavallerie bis vor die Tore der Stadt Lakhnau geführt. Dort standen ihm 4000 aufständische Inder gegenüber, unter dem Kommando ihres Fürsten Tantya von Kanpur.«

Nachdenklich schaut Victoria aus dem Fenster. »Es muss eine furchtbare Schlacht gewesen sein. Meine Soldaten waren nicht an die unvorstellbare Hitze gewöhnt, die in Lakhnau herrschte. Zu unserem Vorteil waren meine Regimenter jedoch besser bewaffnet, und so konnte Arthur die Schlacht gewinnen. Tantya, der gegnerische Führer, wurde verwundet und gefangen genommen.«

Auch wenn Belle begierig ist zu erfahren, was die Queen erzählt, muss sie doch ständig an das Wesen denken, von dem sie sich Meile um Meile weiter entfernt. Was unternimmt Arthur gerade jetzt in dem schwarzen Schloss? Warum muss Belle fort von ihm? Weshalb besitzt die Königin von England nicht die Macht, ihren eigenen Sohn zu beschützen? Doch Belle schweigt und hört zu.

»Fürst Tantya war ein Furcht einflößender Mann, ich kenne Bilder von ihm. Seine stechenden Augen besaßen eine unbezwingbare Magie, sein pechschwarzes Haar reichte ihm bis zu den Hüften. Diesem Mann stand Arthur, mein blutjunger Sohn, plötzlich als Sieger gegenüber. Tantya war sein Gefangener. In dieser Situation ließ sich Arthur zu etwas hinreißen, was er seither von ganzem Herzen bereut. Es war eine Tat, unwürdig jedes Briten, unwürdig jedes Offiziers meiner Armee. Er demütigte und misshandelte seinen Gefangenen.«

»Was hat er getan?«, flüstert Belle.

Die Queen beugt sich vor. Ihre Wangen sind bleich, ihr Blick ist von Grauen erfüllt. »Willst du es wirklich erfahren?«

»Sagt es mir, Majestät.«

»Zuerst musst du wissen, dass sich die Religion der Inder von unserer stark unterscheidet. Die Hindus verehren Tiere als göttliche Wesen. So gilt ihnen zum Beispiel die Kuh als heilig. Arthur wusste das. Einer Kuh etwas zuleide zu tun, war ein Zeichen der Verachtung gegenüber den Indern. Trotzdem – oder gerade deshalb – ließ er zwanzig Kühe schlachten.«

»Wozu?«

»Er hat ...« Es kostet die Queen sichtlich Mühe weiterzusprechen. »Er ließ den Rindern die Haut abziehen und die gefangenen Offiziere in deren Häute einnähen. Einem gläubigen Hindu die Schmach anzutun, ihn in einer Tierhaut sterben zu lassen, war unmenschlich. Ein Offizier der Krone hätte diese Schuld nicht auf sich laden dürfen, erst recht kein Mitglied der Königsfamilie. Aber Arthur ging sogar noch weiter. Er ließ Tantya, den Heerführer, vor eine Kanone binden und dessen Körper von der Kanonenkugel zerfetzen.«

»Oh Gott«, stößt Belle hervor. »Oh mein Gott!«

»Es ist schwer zu verstehen, was der Krieg aus den Männern macht«, nickt die alte Frau. »Aber Arthurs Strafe sollte ihn schneller ereilen, als er ahnte. Tantya war ein indischer Schamane von großer Macht und beachtlichem Können.«

»Was ist ein Schamane?«

»Bei den Indern gelten diese Männer als Priester und Magier zugleich. Tantya besaß eine übernatürliche Macht, wie sie bei uns im Abendland unbekannt ist. Nicht einmal unser großer Zauberer Merlin dürfte über solche Kräfte verfügt haben.«

»Welche Kräfte?«

»Die Kraft des Fluches«, antwortet die Königin fast unhörbar. »Eingenäht in das Leder, wenige Sekunden vor seinem Tod, verfluchte der Magier meinen Jungen. Er verfluchte ihn, zu einem Geschöpf zu werden, das das Tageslicht meiden muss und auch jede menschliche Gesellschaft. Er verfluchte ihn für die gesamte Frist, die sein junges Leben noch dauern würde. Dabei stellte ihm Tantya keine Rettung, keine Erlösung in Aussicht. Danach starb der Schamane den grausamen Tod, zu dem mein Sohn ihn verurteilt hatte.«

»Keine Erlösung? Niemals?« Belle beugt sich so weit vor, dass sie den Rock der Majestät berührt. Auch wenn sie noch lange nicht alles erfahren hat, ahnt sie bereits die Auswirkung des Fluches. Arthur, der Sohn der Königin, hatte sich wie ein Unmensch verhalten. Er hatte sein Gewissen und jegliche Moral verloren und war im Krieg zu einer Bestie geworden. Und diese innere Wandlung sollte sich nun auch äußerlich vollziehen. Der Fluch des Schamanen zwang die Sünde, die Arthur begangen hatte, an die Oberfläche, damit sie für jedermann sichtbar werden würde. Das ist eine schreckliche Strafe, es ist ein unfassbarer Fluch. Doch obwohl Belle sich das alles ausmalt, hegt sie weiterhin eine unerklärliche Zuneigung zu diesem unglücklichen, schuldbeladenen Menschen.

»Von dem Schamanen blieb nichts übrig, bis auf seinen kostbaren Dolch«, sagt die Königin. »Nach der Explosion landete die Waffe vor Arthurs Füßen.«

»Ein Dolch, reich verziert mit Edelsteinen?« Belle stockt der Atem.

»Du kennst die Waffe?« Die Queen mustert das Mädchen überrascht.

»Ich habe sie einmal gesehen. Im Zimmer Eures Sohnes, in seinen indischen Räumen.«

Die Königin nickt. »Der Geist und das Wesen der Inder beschäftigen Arthur, seit ich ihm auf Kinord Castle eine Zuflucht geschaffen habe.«

»Ihr wart das? Ihr habt ihn in die Ruine verbannt?«

»Es ist keine Verbannung. Es geschah zu seinem Schutz und zu meinem eigenen. Kannst du dir auch nur im Entferntesten vorstellen, was passiert wäre, wenn die Welt erfahren hätte, dass der Sohn der Königin zu einem Monster geworden ist?« Victoria schweigt mehrere Sekunden. »Ein junger Captain, der mit Arthur gekämpft hatte, informierte mich über das, was geschehen war. Er brachte meinen Jungen, der sich inzwischen in seine Schreckensgestalt verwandelt hatte, unentdeckt zu mir nach Balmoral, nach Hause.«

»Aber weshalb umgibt sich Arthur in Schottland mit all den indischen Möbeln und Gegenständen? Warum bewahrt er den Dolch in einem Schrein aus Perlen auf?«

»Weil er seit seiner Rückkehr nach einem Weg sucht, seinen Fluch zu lösen. Unzählige Bücher über das Schamanentum und die Macht der indischen Magier hat er gelesen und hat sich auch mit deren Ritualen beschäftigt.«

»Gibt es denn nicht die kleinste Aussicht, dass er sein Schicksal wenden könnte?«

Ein Lächeln zieht über das Gesicht der alten Frau. »Es gab schon einmal Hoffnung, sogar die Verheißung eines Auswegs«, antwortet sie. »Aber mit der heutigen Nacht, fürchte ich, wird diese Hoffnung endgültig zunichtegemacht.«

»Wieso?«

»Weil Arthur fliehen muss. Er muss den Dolch und die magische Blume mitnehmen. Das bedeutet jedoch ...«

»Auch diese Blume habe ich gesehen«, unterbricht Belle. »Was hat es mit ihr auf sich?«

Die Queen tut einen tiefen Atemzug. »Die Blume, Belle – diese Blume bist du.«

»Was – ich?«

Beide spüren im selben Moment, dass die Kutsche gezügelt wird und gleich darauf stillsteht. Die Tür geht auf. Ein Kammerdiener kommt zum Wagenschlag geeilt und hilft der Königin beim Aussteigen.

»Die Blume ... bin ich?« Unfähig, einen klaren Gedanken zu fassen, starrt Belle Victoria an.

»Komm, Kind.« Die Queen wendet sich ab.

Auf den Stufen zum Schloss treten Victoria zwei Männer entgegen. Sie tragen Uniformen der Palastwache.

»Eure Majestät«, sagt ein Offizier.

»Was gibt es um diese ungewöhnliche Stunde?« Unwillig bleibt die Queen stehen.

»Verzeihung, Ma'am.« Der Offizier nimmt Haltung an. »Wir müssen Euch von einem Vorfall unterrichten.«

»Hat das nicht Zeit bis morgen?«

Zögernd verharrt Belle am Fuß der Treppe. Wirre Gedanken wirbeln durch ihren Kopf.

»Wie es scheint«, meldet der Offizier, »hat sich der Staatsanwalt von Aberdeen über Euren Befehl hinweggesetzt.«

»Wie das?«

»Uns wurde gemeldet, dass sich Polizeieinheiten den Grenzen von Balmoral County nähern. Es ist sogar möglich, dass sie bereits auf Eurem Besitz eingedrungen sind, Ma'am.«

»Eingedrungen?«, wiederholt die Königin voll Sorge. »Wie viele sind es?«

»Ungefähr fünfhundert Mann.«

»Fünfhundert? Dieser Traddles wagt es, mit einem Heer meiner eigenen Polizei bei mir einzudringen? Das sind mehr Männer, als mir an Leibwache in Balmoral zur Verfügung stehen, nicht wahr?«

»Bei Weitem mehr«, nickt der Offizier. »Soll ich die Armee alarmieren und hierher befehlen?«

»Wie lange würden die Truppen brauchen, um hier einzutreffen?«

»Die nächste Garnison liegt in Fort Augustus. Die Verstärkung könnte frühestens im Morgengrauen eintreffen.«

Mit nachdenklichen Schritten geht Victoria das letzte Stück zum Eingang hoch. »Erteilen Sie die entsprechenden Befehle. Holen Sie Verstärkung.«

»Jawohl, Majestät.« Die harten Schritte der Soldatenstiefel entfernen sich.

Die Queen dreht sich um. »Kommst du, Belle?«, fragt sie zur Treppe hin, die von den Fackeln nur schwach erleuchtet wird.

Das Mädchen ist verschwunden. Weder steht es neben der Kutsche, noch ist es die Stufen hochgekommen, doch wenn Victoria sich nicht täuscht, läuft dort eine Gestalt über das Gelände. Läuft in die Richtung, wo die königlichen Stallungen liegen. Schon ist sie darin verschwunden.

»Sie wird doch nicht ...«, flüstert die Queen. »Oh nein, Belle, tu das nicht.«

Zwei Kammerdiener öffnen der Königin die Pforte.

27

Einem Heer von Männern hoch zu Ross voranzureiten, das ist so recht nach Algernons Geschmack. Fackeln und Petroleumlichter flackern, das Geräusch von donnernden Hufen ist zu hören, und für all das gibt es nur ein Ziel und nur einen Befehl: *Heute werden wir den Mädchenmörder von Balmoral fassen!*

Algernon hat es seinen Männern zugerufen, bevor sie losgeritten sind. Ein donnerndes Geheul der Zustimmung war die Antwort.

Die Männer gehorchen mir, denkt er im Sattel, sie stellen keine Fragen. Sie glauben mir, wenn ich sage, meine Ermittlungen hätten mich zu jenem Schloss geführt, das die Bestie beherbergt. Sie glauben mir auch, wenn ich sage, er sei das gefährlichste Monster, das sich je in unserer Gegend herumtrieb, und dass seine Kräfte zu groß und unberechenbar seien, um ihn lebendig gefangen zu nehmen. Ihre Waffen sind geladen, sie werden auf ihn feuern, kaum dass er sich regt. Das ist auch nötig, denn es wäre nicht wünschenswert, wenn der Unhold den Mund aufmachen und sprechen, wenn er – Gott behüte! – die Wahrheit sagen würde! Die Wahrheit über den verzauberten Königssohn muss verborgen bleiben, im Interesse der Queen und in meinem eigenen Interesse natürlich. Ein Geheimnis dieser Größenordnung würde das Empire erschüttern. Das wollen weder die alte Dame auf ihrem Thron noch ich, der Staatsanwalt von Aberdeen.

Ach, es war ein glorreicher Tag, als ihm diese abgrundtief böse und großartige Idee kam. Er hatte damals gerade eine kleine Affäre mit der indischen Hofdame der Königin begonnen. Sie war hübsch, sie war ausgehungert nach Liebe, sie hatte feuriges Blut. Darüber hinaus war es äußerst nützlich für Algernon, jemanden aus der nächsten Nähe der Königin zu kennen. Vielleicht würde sich dahinter eine Chance auftun, dachte er, endlich dem lächerlichen Dasein eines Provinzstaatsanwalts zu entkommen. Algernon hatte jedoch nicht ahnen können, welch ungeheure Möglichkeit seine Liebe zu Miss Morphed tatsächlich barg. – *Liebe?* Er schmunzelt. Es war reizvoll, mit ihr ins Bett zu gehen, und es bot eine willkommene Abwechslung zu dem sich dahinschleppenden Werben um die spröde Belle. Algernon konnte sich selbst nicht recht erklären, was ihn so sehr an Belle reizte. Die Mädchen liefen ihm in Scharen nach, er aber wollte nur Belle – sie sollte seine Trophäe sein, sein Siegespreis, gleich nachdem die Sache mit dem Monster vorbei wäre.

Bis dahin ist es nicht mehr lang. In wenigen Minuten wird er Belle aus der Gewalt der grausamen Bestie befreien. Ihre Dankbarkeit wird grenzenlos ausfallen – zumindest hofft er das, denn wie er von Miss Morphed weiß, haben Belle und die Bestie Umgang miteinander gepflegt.

Der Staatsanwalt gibt seinem Pferd die Sporen. In einer Liebesnacht im letzten Winter hat Rudya Morphed ihrem

Geliebten ein unglaubliches Geständnis gemacht. Sie erzählte, dass sie von der Königin zu einer geheimnisvollen Mission auserwählt worden sei. Vor Jahren wäre bei Nacht und Nebel eine ungewöhnliche Person nach Balmoral Castle gebracht worden. Dort hätte das Geschöpf jedoch nicht bleiben können, deshalb habe die Queen einen besonderen Aufenthaltsort für ihn bestimmt: die mitten im Hochmoor gelegene Ruine von Schloss Kinord. Damit die Kreatur ihre Tage forthin aber nicht allein zubringen müsse, sollte Miss Morphed als Gesellschafterin in seiner Nähe bleiben. Zu Beginn hätte sie sich vor dem abscheulichen Wesen gegruselt, nach und nach aber festgestellt, dass er kultiviert, gebildet, vor allem aber von adeligem Geblüt sei. Dieser Umstand hatte Miss Morpheds Neugier geweckt. Durch geschicktes Nachfragen und eigene Beobachtungen sei sie daraufgekommen, wer in Wahrheit hinter der Bestie steckte: der leibliche Sohn der Königin. Das war der Moment, als der Staatsanwalt begann, seinen Plan zu entwickeln.

»Gebt acht, dass ihr nicht vom Weg abkommt!«, ruft Algernon seinen Offizieren zu, während er die Männer tiefer und tiefer ins Hochmoor hineinführt. Was seinen Plan betraf, war er äußerst geschickt zu Werk gegangen. Jeden möglichen Schachzug hatte er bedacht und außerdem ein williges Werkzeug für die Ausführung seiner Tat gefunden.

Über die Schulter blickt Algernon nach hinten. Dort reitet sein treuester Gefolgsmann, zugleich der skrupelloseste Mörder, der brutalste Schänder, der gewissenloseste Mensch, dem Algernon je begegnet ist. Sergeant Henry Moon besitzt scheinbar keinerlei Gewissen, ihn drückt nicht das geringste Schuldgefühl. Dabei hat er Schlimmes begangen, das Schlimmste, was man sich vorstellen kann. Er hat sich grausam an jungen, unschuldigen Geschöpfen vergangen, hat sie getötet und ihre Leichen so zugerichtet, dass es wie das Werk einer Bestie aussehen musste. Dabei war der Rotschopf mit einer Gelassenheit ans Werk gegangen, als ob er eine Fliege zerquetschen würde. Eine nach der anderen tötete er die Mädchen auf Befehl des Staatsanwalts. Jede Leiche wurde ein kleines Stück näher an Balmoral herangebracht, denn die Spur musste unweigerlich zu den Ländereien der Königin führen und zu guter Letzt nach Kinord Castle. Erst wenn der Verdacht offen zutage läge, dass das Monster aus dem Hochmoor zugleich der Mädchenmörder sei, könnte Algernon endlich als der Retter auftreten, das Untier zur Strecke bringen und die Ernte einfahren.

Und seine Ernte würden unendlicher Ruhm und eine unvergleichliche Karriere sein. Die Engländer lieben Helden, das war schon immer so, und der Staatsanwalt von Aberdeen würde über Nacht ein Held sein. So sieht sein Plan aus. Und in dieser Nacht ist er nur noch ein kleines Stück von dessen Verwirklichung entfernt.

»Halt! Im Namen der Königin!«

Eine kleine Mannschaft ist vor Algernons Truppe aufgetaucht, lächerlich klein im Vergleich zur vielfachen Übermacht des Polizeiaufgebots. Doch jene Männer dort tragen die Uniform der königlichen Leibgarde, das gibt ihnen besondere Autorität. Traddles muss geschickt und diplomatisch vorgehen.

»Wer hält uns an?« Er zügelt sein Pferd und bedeutet den Polizisten, das Gleiche zu tun.

»Die Leibwache Ihrer Majestät, der Königin«, antwortet ein ergrauter Offizier.

»Ich bin der Staatsanwalt«, ruft Algernon mit heller Stimme, »und ich habe die Genehmigung Ihrer Majestät, diesen Teil von Balmoral einer Untersuchung zu unterziehen.«

»Sie haben die Genehmigung erst ab morgen früh.« Der Offizier nimmt sein Pferd an den kurzen Zügel; angesichts der vielen Fackeln tänzelt es unruhig umher.

»Mir ist zu Ohren gekommen, dass der Verdächtige, dem wir auf der Spur sind, diese Nacht die Flucht ergreifen will.«

Ein gewagter Schachzug, den Algernon da riskiert, denn woher sollte er von den Fluchtplänen des Monsters wissen, wenn nicht von Miss Morphed?

»Darüber ist uns nichts bekannt«, gibt der Offizier zurück. »Wir führen lediglich den Befehl aus, Sie und Ihre Männer nicht vor neun Uhr morgens hier durchzulassen.«

»Sie behindern die Arbeit der Polizei und der Staatsgewalt«, entgegnet Algernon mit aller Überzeugungskraft, zu der er fähig ist.

»Und Sie missachten den Befehl der Königin!«

»Männer!« Algernon hebt seinen Stock, den er, ähnlich einem Degen, stets an der Seite führt. »Dieser Weg ist uns versperrt. Wir nehmen einen anderen.« Er weist in östliche Richtung, zu der Gabelung, die ebenfalls nach Kinord Castle führt. Sergeant Moon hat sie erst vor wenigen Tagen ausspioniert.

»Folgt mir!« Algernon spornt sein Pferd an, den Hochweg zu verlassen und ein Stück durch den Sumpf zu galoppieren. Nach kurzer Strecke hat er schon wieder festen Boden unter den Füßen. Auch wenn einige Polizisten zögern, ob man sich der Leibgarde widersetzen dürfe, motiviert der siegessichere Ton des Staatsanwalts die Männer, seinem Befehl zu folgen. Traddles ist ein Anführer, wie die Männer ihn mögen, strahlend, felsenfest und unerbittlich, wenn es darum geht, das Verbrechen zu bekämpfen.

Als er sich umdreht und zurückblickt, ist sein kleines Heer bereits wieder hinter ihm. Unverrichteter Dinge bleiben die Offiziere der Queen in der Dunkelheit zurück. Nichts hält mich auf, denkt Algernon. Nichts kann mich jetzt noch aufhalten.

28

Belle beugt sich über den Hals des Pferdes. Einen gewaltigen Gaul wie diesen hat sie noch nie geritten. Aber ein anderes Tier fand sie in der Eile nicht. Mächtig bewegen sich seine Muskeln unter dem Mädchen.

»Weiter so«, flüstert Belle Metamorphosis zu. Sie hat tatsächlich das berühmteste Pferd im ganzen Königreich entführt. Man möge es ihr nachsehen, hofft sie, doch das wird man nur, wenn Belle noch rechtzeitig kommt.

Es war der letzte Satz der Königin, der ihr die Augen öffnete: *»Diese Blume, Belle, bist du.«* In der Blume aus Blut, die sich um den indischen Dolch windet, mag das Geheimnis begründet liegen, vielleicht auch seine Lösung. Von Anfang an hat Belle gespürt, dass ihr Eintreten in das Leben des Schlossherrn kein bloßer Zufall war. Dass sie nach Kinord Castle kam, wo ihre beiden Schicksale miteinander verschmolzen waren, hatte einen tieferen Sinn, Belle spürt es in der Weite ihrer Seele, sie ahnt es in ihrem aufgepeitschten Herzen. Auch wenn ihr die Zusammenhänge im Einzelnen noch unklar sind, spornt sie das Pferd zu äußerster Kraftanstrengung an. Zweige peitschen in Belles Gesicht, Wurzeln kreuzen ihren Weg, sie setzt mit Metamorphosis darüber und folgt den Windungen und Kehren des Pfades. Zu ihm zurück will sie, ihn muss sie rechtzeitig erreichen!

Der Dolch, denkt Belle, hat Blut vergossen. Er bohrt sich in ein Herz – in sein Herz? Die Blume trinkt das Blut, sie braucht es, um zu überleben. Wenn diese Blume jedoch ich selbst sein soll, wenn *ich sein* Blut trinke, wieso bin ich dann ausersehen, ihm zu helfen? Ich muss es herausfinden. Herrgott, hilf mir, dass es nicht schon zu spät ist. Algernons Einheiten sind unterwegs. Dieser grausame, eitle Mensch wird nicht zögern, seine Verfolgungsjagd dadurch zu krönen, dass er Arthur fängt, ihn unterjocht und vielleicht sogar zur Schau stellt. Das muss ich verhindern!

* * *

»Ausschwärmen!«

Wie ein Racheengel fühlt sich Algernon, wie ein Erlöser und Exekutor in einer Person. Das Befehlen fällt ihm leicht. In kleine Abteilungen teilt er die Truppen auf und schickt sie in jeden Trakt des Schlosses. Er warnt die Männer, dass sie es mit der grausamsten Bestie unter schottischem Himmel zu tun hätten: Äußerste Vorsicht sei geboten, wenn ihnen ihr Leben lieb sei.

Vor dem Portal steigt Algernon vom Pferd, läuft die Treppe hoch und durchschreitet den Eingang der Ruine. Im Licht der Fackeln und Laternen mutet das Gemäuer tatsächlich an, als ob es seit Ewigkeiten verwaist wäre. Sollte die Warnung der Queen das Monster doch noch rechtzeitig erreicht haben?

Traddles reißt einem Beamten die Fackel aus der Hand. Wo ist das verfluchte Wesen der Nacht, diese Missgeburt? Wo versteckt sie sich? Das Monster darf keinesfalls davongekommen sein, ist es doch auserkoren, der Sündenbock zu werden.

Aus Miss Morpheds Beschreibungen weiß Traddles, dass es in diesen Mauern einen versteckten Raum gibt, das Refugium des Monsters, getarnt durch ein Spiegelkabinett. Da das Versteck so raffiniert angelegt wurde, darf Algernon nicht den Fehler begehen, es zu rasch zu finden. Am besten wäre es, jemand anderes würde darauf stoßen, ein Polizist, den der Staatsanwalt später dafür auszeichnen könnte.

Dort kommt ein Constable gelaufen. »Wir haben ein Pferd entdeckt!«, ruft er.

»Wie sieht es aus?«

Der Beamte beschreibt das Tier.

Unwichtig, denkt Traddles. Das ist bloß Snooky, der Klepper des Tierarztes. »Gut gemacht, Constable. Wo ein Pferd ist, da ist auch ein Reiter. Sucht weiter.«

Er durchschreitet die Halle, die Bibliothek, die Dienstbotenräume. Überall geistern die Lichter seiner Männer umher. Rufe schallen durch das Schloss: *Hier ist nichts, und bei euch? – Bücher, jede Menge Bücher! – Regt sich dort jemand? Halt, wer da! – Hier ist keine Menschenseele.*

Zwischen den Beamten nimmt Algernon seinen Weg. Als Erstes muss er den Ort finden, wo Belle gefangen gehalten wurde. Sollte er Hinweise entdecken, die auf Belles durchlittene Qualen schließen ließen, würde das den Eifer der Männer beflügeln. Dann ginge es nicht mehr nur um die Ergreifung des Meuchelmörders, es gälte, eine Jungfrau zu retten.

Algernon weiß nichts Genaues über Belles Schicksal. Rudya erzählte ihm, das Mädchen habe tatsächlich mit dem Monster Geburtstag gefeiert. Es muss das grauenhafteste Geburtstagsfest ihres Lebens gewesen sein, denkt er. Wodurch mag es dem Unhold gelungen sein, Belles Mitgefühl zu wecken? Lächelnd schlägt sich Algernon an die Stirn: Natürlich, Belle ist eine Tiernärrin, all ihre Fürsorge gehört dem Wohl der Tiere. Und das Wesen, das sich hier versteckt hält, ist zur Hälfte ein Tier. Es muss der Bestie gelungen sein, Belles Mitleid zu wecken.

Mit der Fackel leuchtet Algernon eine Treppe hoch. »Wir suchen dort oben. Folgen Sie mir mit Ihren Männern.«

Die Constables gehorchen.

»Seien Sie vorsichtig, Sir«, sagt ein junger Gefreiter. »Besser, ein bewaffneter Mann geht als Erster hoch.«

Der Kerl hat recht, denkt Algernon. Nicht ich sollte den Helden spielen, dieses Privileg gehört den Polizisten, die später damit prahlen können.

»Danke, Constable. Das ist sehr anständig von Ihnen.« Er tritt zur Seite.

Mit gezückten Pistolen schleichen die Männer die Wendeltreppe hoch, der Staatsanwalt folgt ihnen gelassen. Oben verständigen sie sich auf die Vorgehensweise, danach tritt einer die Tür gewaltsam auf. Die Polizisten stehen in Belles Turmzimmer. Hier ist keine Spur von dem gesuchten Mädchen.

Insgeheim atmet Algernon auf. Belle ist der Unsicherheitsfaktor in seiner Rechnung, denn er weiß nicht, wie sie sich verhalten wird. Der Raum legt Zeugnis davon ab, dass hier jemand verarztet wurde. Verbandszeug, Kräuter, frische

Tücher liegen herum. Doch vor dem Spiegel entdeckt Algernon Belles Kleider.

»Seht!«, ruft er und stürzt hin. »Das ist ihr Rock, das ihre Bluse.« Er betrachtet beides im Licht der Fackel. »Diese Kleider gehören Belle McBean!«

Verstörtes Gemurmel unter den Männern.

»Er hat sie ausgezogen«, sagt einer.

»Ihr die Kleider vom Leib gerissen«, ein anderer.

»Was mag er sonst noch mit ihr angestellt haben?«

»Das kann man sich denken«, sagt ein Dritter.

Sie sehen einander betreten an. Sie sind sicher, die Indizien einer Gräueltat entdeckt zu haben.

»Großer Gott.« Algernon lässt seine Unterlippe zittern. »Nein, nein, aber doch nicht meine Belle!« Er sinkt auf die Knie und presst die Kleider an sein Gesicht. Es gelingt ihm sogar, ein paar Tränen hervorzuquetschen. »Bitte, lieber Herr im Himmel, lass sie nicht sterben.«

Die Männer sind bewegt und beeindruckt. So haben sie ihren selbstbewussten, stählernen Staatsanwalt noch nie erlebt. Auch er hat also ein Herz, auch er kennt Gefühle. Sie nehmen Anteil an seinem Schmerz.

»Es muss ja nicht wahr sein«, sagt einer und legt tröstend die Hand auf die Schulter seines Vorgesetzten. »Wir finden sie schon.«

»Ja, wir finden sie«, wiederholen die anderen.

»Und der, der ihr das angetan hat, was machen wir mit ihm?«, hetzt Algernon die Männer auf.

»Wir bringen ihn zur Strecke!«, schreien sie wie aus einer Kehle.

»Los, weiter!« Algernon springt auf. »Wir durchsuchen

jede Ecke, vom Keller bis zum Dach. Folgt mir nach!« Er rennt hinaus. Die Männer stürzen hinterher, blutdürstig. Sie wollen Rache und Gerechtigkeit.

* * *

Sollte jemand Belle entdecken, während sie das Schloss betritt, hat sie verloren, sie weiß das. Man würde ihr Fragen stellen, würde ihr die Möglichkeit verwehren, bis zu Arthur vorzustoßen. Darum verharrt sie am Rand des Waldes, an derselben Stelle, wo sie vor wenigen Stunden getanzt hat, wo sie Wein trank mit dem Geschöpf, dessen Schicksal sie jetzt vollends kennt.

Belle führt Metamorphosis am Zügel. Beim Heranreiten sah sie schon von Weitem die Lichter durch das Schloss geistern und hörte die Rufe der Männer. Sie scheinen Arthur noch nicht gefunden zu haben. Belle muss ihn warnen. Der Dolch, die Blume, das indische Zimmer – wenn er noch im Schloss ist, kann Arthur nur in seinem indischen Zimmer sein. Es ist sein letzter Zufluchtsort.

Sie bindet das Pferd der Königin an einen Baum. »Danke, dass du mich getragen hast.« Sie streichelt es. »Ruh dich aus und verrate mich nicht.«

Metamorphosis senkt den Kopf ins Moos und beginnt zu fressen.

Belle schleicht weiter. Sie erreicht die Nordmauer und blickt zu dem Fenster hinauf, aus dem Arthur sie in blinder Wut geworfen hat. Vier Stockwerke hoch mag es liegen, von außen führt kein Weg hinauf. Außer vielleicht ... Die Eiche, deren Äste Belles Sturz gemildert haben, wächst unweit der

Schlossmauer hoch. Mitten in der Nacht, angetan mit einem Ballkleid, willst du auf einen Baum klettern!, denkt sie. Und wenn ich doppelt so hoch steigen müsste, versuchen will ich es. Belle reißt die Schleppe ihrer Robe ab, rafft den Rock und stopft den Saum in ihren Gürtel. Als sie beim ersten Versuch abrutscht, schlüpft sie auch aus ihren Schuhen.

Es geht leichter als erwartet. Ein Ast, der nächste, ein Griff, ein Tritt, höher und höher kommt sie. Belle biegt Zweige auseinander, sie will sehen, wie weit sie noch steigen muss. Dort schimmert etwas aus der Höhe, das muss das Fenster sein. Die Äste werden dünner, Belle schwankt, ein dürrer Zweig bricht, ein kurzer Moment der Angst. Sie hebt die Augen und sieht das Fenster. Dahinter liegt das indische Zimmer.

Belle sitzt in der Krone der Eiche. Nur durch einen Sprung kann sie hinübergelangen. Es erscheint ihr viel zu weit. Soll sie Arthur lieber rufen? Doch was, wenn Algernons Männer schon in der Nähe sind?

Das Fensterbrett ist aus Stein, die Nachtluft ist feucht. Wenn Belle abgleitet, stürzt sie in den sicheren Tod. Du bist nicht so weit gekommen, um jetzt zu scheitern, spornt sie sich an. Einen Sprung gilt es zu meistern. Also spring!

Belle fixiert das Ziel, sucht festen Halt auf ihrem Ast, packt die Zweige neben sich und stößt sich ab. Belle springt und fliegt durch die Luft.

29

Belle landet, packt das Gesimse, krallt sich fest und zieht sich hoch. Sie wälzt sich über das Fensterbrett und lässt sich in das Zimmer gleiten. Nur ein schwaches Licht erhellt den Raum.

»Arthur?« Wie schön das ist, ihn bei seinem richtigen Namen rufen zu können. »Arthur?«, flüstert sie ein zweites Mal.

Nur der Nachtwind in den Bäumen antwortet. Belle schleicht durch den Raum. Wandteppiche, Paravents, Statuen und Bilder, alles ist unverändert. Zugleich kommt es ihr unwirklich vor, sich durch diese Welt der Imitate zu tasten, während hinter denselben Mauern Hunderte Polizisten das Schloss durchsuchen.

Belle schlägt einen Vorhang zur Seite – dort steht weit geöffnet der Tabernakelschrank. Sie stürzt hin, aber der Dolch und auch die Blume sind verschwunden. Haben die Eindringlinge den Schrank geplündert? Sie sieht sich um. Nein, hier drin scheint noch kein Mensch gewesen zu sein.

Ein Knurren und ein Scharren. Belle zuckt zusammen, wirbelt herum und schaut in die glühenden Augen des Panthers. »Lennox!«, flüstert sie erleichtert. »Wo ist dein Herr?«

Ein Fauchen, scharfe Krallen. Lennox' Tatze berührt Belles Arm und sofort beginnt sie zu bluten. Im aufgerissenen Maul der Katze schimmern messerscharfe Zähne.

»Was ist mit dir?« Sie presst den Mund auf die Wunde.

Knurrend, auf dem Sprung, sitzt der Panther da. Die Bestie in ihm scheint losgelassen worden zu sein.

Belle wagt keine Bewegung. »Bleib ruhig, Lennox. Was macht dich so nervös?«

Das Tier senkt den Kopf, es fletscht und faucht.

»Sind es die Männer im Schloss? Ist es das Feuer? Machen dir die Fackeln Angst? Wo ist Arthur? Ist er noch hier?«

Als hätte der Panther ihre Worte verstanden, steht er auf und läuft Belle voran.

»Wo willst du hin?« Vorsichtig folgt sie der Katze.

Im nächsten Augenblick erstarrt sie. In einer Nische, schwer zu erkennen, liegt der Tiermensch, liegt Arthur. In sein dunkelrotes Gewand gehüllt, mit geschlossenen Augen liegt er da, mit beiden Händen umfasst er den Dolch auf seiner Brust, um den sich die Blume rankt. Doch ihre Blüte ist schlaff und farblos, die Blätter wirken, als würden sie verdorren. Kein Blut fließt aus dem Dolch, kein Blut nährt die Pflanze. Der Dolch spendet keine Nahrung mehr.

»Arthur!« Belle missachtet das Knurren des Panthers und stürzt zu ihm hin. »Schlafen willst du, ausgerechnet jetzt?« Sie rüttelt den Liegenden, doch er schläft nicht, er ist auch nicht bewusstlos. Sein Körper scheint da zu sein, zugleich ist er aber abwesend. Es kommt Belle vor, als hätte er sich in eine andere Sphäre aufgemacht.

»Hast du eine Droge genommen, ein Schlafmittel, irgendein Gift?«

Sie sucht rund um sein Lager, doch bei der Beleuchtung ist kaum etwas sehen. Belle springt auf und ergreift ein Licht, kehrt zu Arthur zurück und sucht hektisch weiter. Wieso sollte er auf einmal in ein Delirium fallen? Ein Fläschchen, eine Phiole, was könnte es sein? Doch sosehr sie auch sucht, Belle findet nichts.

Sie beugt sich über ihn, reißt sein Gewand auf und erschrickt zum zweiten Mal. Wie die Blume auf seiner Brust scheint der gewaltige Körper, sonst strotzend vor Stärke, zu verwelken. Die Muskeln sind geschwunden, die Haut ist von fahler Blässe, darunter zeichnen sich die Rippen ab. Es ist, als ob eine geheime Kraft den Sohn der Königin von innen aushöhlen würde. Belle erkennt die Verletzungen, die ihm der Degen eines Unbekannten vor Tagen beibrachte. Sie reißt seine Verbände ab – nein, die Wunden sind nicht wieder aufgebrochen. Darin liegt also nicht der Grund für seinen Verfall.

»Was hast du, Arthur? Was ist los mit dir?«

Als wäre sein Blutstrom am Versiegen, vermag Belle keinen Puls zu ertasten. Auch sein Atem ist kaum noch festzustellen.

»Sprich mit mir! Sag mir, wie ich dir helfen kann!«

Keine Bewegung, kein Zeichen, dass er sie hört. Mit einem Satz springt der Panther auf das Lager des Regungslosen und legt Arthur die Tatze auf die Brust.

»Ist es sein Herz?«, ruft Belle. »Ein Infarkt vielleicht? Was ist es?«, schreit sie. »Ich bin kein Wunderheiler. Ich kann nur Krankheiten behandeln, die ich kenne. Mit der Todeskrankheit, die deinen Herrn befallen hat, mit dem Fluch, unter dem er steht, kenne ich mich nicht aus!«

Der Panther hebt den Kopf. Scheint es nur so oder hat er ihr in diesem Augenblick zugenickt?

»Der Fluch – ist es das? Stirbt er an dem Fluch, von dem die Königin erzählte? Aber wieso ausgerechnet jetzt? Warum in dieser Nacht, da er sich wehren, da er kämpfen müsste oder fliehen vor den vielen, die ihn fangen wollen? Warum kommt sein Ende heute?«

Der Panther hebt die Tatze ein zweites Mal und nähert sie Belle. Diesmal legt er die Pranke auf ihre Brust.

»Ich bin schuld daran? Ich sollte der Grund sein? Wie könnte ich eine so bedeutende Rolle für ihn spielen?«

Ich bin die Blume, denkt Belle unvermittelt. Was meinte die Königin damit, was will der Panther mir erzählen? Ihr Blick fällt auf den Dolch. Warum fließt kein Blut mehr? Nicht in dem Mann und nicht aus dem Dolch?

Langsam hebt Belle den Blick. »Geschieht das alles, weil ich fortgegangen bin? Weil ich ihn verlassen habe?« Ungläubig schaut sie in die Augen des Tieres. »Aber ich ... Ich bin doch nicht sein Lebenselixier. Mag sein, dass er mich ins Herz geschlossen hat und dass auch ich etwas für ihn empfinde. Trotzdem sind wir vollkommen unterschiedlich. Wir sind nicht eins, so wie diese Blume und der Dolch: Lebt das eine nicht, kann auch das andere nicht sein. Verwelkt das eine, muss auch das andere sterben. So sind Arthur und ich nicht! Oder etwa doch? Hilf mir zu verstehen!«, flüstert Belle dem Raubtier zu.

Als ob Lennox etwas gewittert hätte, wendet er sich plötzlich um. Seine Muskeln spannen sich. Er springt vom Lager, läuft in die Dunkelheit und ist im nächsten Augenblick darin verschwunden.

»Lennox! Lass mich nicht allein!«

Da hört sie Geräusche, die sich nähern. Belle begreift: Die Eindringlinge haben den Zugang gefunden, die geheime Treppe, über die auch Belle beim ersten Mal hierherkam. Gleich werden sie hier sein. Während harte Schritte emporjagen, überlegt Belle fieberhaft, was sie tun soll. Arthur ist wehrlos. Kann sie ihn vor Algernons Leuten verbergen? Soll sie darauf hoffen, dass man einen Bewusstlosen nicht misshandelt? Dafür kennt sie Algernon zu gut: Er wird seinen Triumph in vollen Zügen auskosten.

Belle reißt eine Draperie von der Wand, zerrt sie über den Boden und breitet das Tuch über den Liegenden. So ist er notdürftig verborgen. Sie zerstrubbelt ihr Haar und schiebt ihren Ärmel hoch, damit die Wunde, die ihr der Panther schlug, gut zu erkennen ist. Unweit des Treppenaufgangs wirft sich Belle zu Boden.

Harte Stiefelsohlen. Hinter halb geschlossenen Lidern nimmt Belle den Schein der Fackeln wahr. Viele Männer sind es, aufgeregte Männer, die in alle Richtungen leuchten.

»Da ist sie«, schreit einer. »Auf dem Boden!«

Belle bewegt sich stöhnend und tut so, als ob sie aus einer Ohnmacht erwachen würde.

»Belle«, ruft jemand. »Belle, mein Leben, was ist mit dir?«

Sie kennt die Stimme, diesen metallischen Ton, das Selbstgefällige darin. Das geheuchelte Mitgefühl, das Algernon in seine Worte legt, nimmt sie ihm nicht ab. Ab jetzt muss Belle eine Rolle spielen. Alles hängt davon ab, dass sie sie gut spielt. In zerbrechlicher Pose öffnet sie die Augen.

»Was ist geschehen?« Sie richtet sich ein wenig auf, wie

von ungefähr sinkt sie in die Arme des Mannes, der sich über sie beugt. Die Arme des Staatsanwalts. »Wer ist da?«

»Ich bin es, Belle. Wie geht es dir?«

»Ich weiß nicht ...« Scheinbar zufällig hebt sie den Arm mit der blutenden Wunde.

»Sie ist verletzt. Das ist ein Schnitt. Hat er das getan?« Der Staatsanwalt hält Belles Wunde ins Licht einer Fackel, damit alle sie erkennen können.

Belle sieht sich umringt von den Beinen vieler Polizisten. »Ja, er war es«, haucht sie. »Er ist wahnsinnig. Er ist gefährlich. Ich hatte solche Angst.«

Für einen Moment hält Algernon inne. Er zögert. Zweifelt er an ihren Worten, hat er ihr Spiel durchschaut? Nein, seine Augen leuchten triumphierend.

»Ich wusste es«, ruft der Staatsanwalt. »Ein wahnsinniger Mörder treibt sich in diesem Schloss herum.«

»Er ist ...« Schwach hebt sie die Hand. »... nicht mehr hier. Er ist geflohen.«

»Geflohen?« Algernons Miene verdüstert sich. »Bist du sicher?«

»Die vielen Fackeln ... Durch das Fenster sah er euch kommen und wusste, die Überzahl wäre zu groß, um gegen euch alle zu kämpfen.« Belle weist zu der Ecke, wo der offene Tabernakelschrank steht. »Überzeug dich selbst. All seine Kostbarkeiten hat er mitgenommen. Er ist davongeritten und ließ mich hier zurück.«

Algernons Enttäuschung ist ihm deutlich anzusehen. Zuschlagen wollte er, heute Nacht wollte er das Monster fassen. Nun erfährt er, dass die Jagd noch nicht zu Ende ist.

»Er kann noch nicht weit sein«, ermuntert ihn Belle. »Wenn

du gleich mit deinen Männern ausschwärmst, findet ihr ihn bestimmt.«

»Geflohen also«, nickt Algernon, sichtlich verwirrt.

»Es stimmt!«, ruft einer. Alle drehen sich um. Der Polizist leuchtet den Tabernakelschrank an. Die schwarzen Perlen werfen den Schein zurück. »Der Schrank ist leer.«

Alle warten auf den Befehl des Staatsanwalts. Alle Blicke richten sich auf ihn.

»Wir sollten ausschwärmen, Sir«, schlägt ein Polizeioffizier vor.

»Wir dürfen keine Zeit verlieren«, rufen einige.

»Zuerst werden wir diesen Raum durchsuchen.« Algernon lässt den Blick umherschweifen.

»Hier ist nichts«, widerspricht Belle eine Spur zu eilig. »Ich sage dir: Er ist verrückt. Nur ein Wahnsinniger könnte so ein Zimmer erschaffen, mitten in der Wildnis.« Mit gespielter Schwäche sinkt sie in Algernons Arm zurück.

»Wir dürfen ihn nicht entkommen lassen, Sir«, wiederholt der Offizier und beugt sich zu Belle. »Können Sie aufstehen, Miss?«

»Ja, ich glaube, ja.« Mithilfe der beiden Männer kommt sie auf die Beine.

»Was befehlen Sie, Sir?«, fragt der Offizier.

Algernon sieht die Männer an, er betrachtet den exotischen Raum, senkt den Blick in Belles Augen. Ein durchdringender, prüfender Blick. »Sie haben recht, das ist wohl das Beste«, antwortet er mit eigentümlich veränderter Stimme. Er strafft seine Schultern. »Alles aufsitzen! Durchstreift das Hochmoor. Bald wird es hell. Dann kann er sich auf der weiten Ebene nicht länger verstecken.«

Zustimmendes Gemurmel der Polizisten.

»Ihr habt den Staatsanwalt gehört«, ruft der Offizier. »Wir rücken aus!«

Während sich die Männer zur Treppe zurückziehen, fasst Algernon Belle unterm Arm. »Ich helfe dir.«

Unvermittelt fällt sie ihm um den Hals. »Tausend Dank, dass du mich gerettet hast, mein Lieber.«

»Schon gut.« Er streicht ihr übers Haar. »Komm jetzt. Wir müssen ihn verfolgen.«

»Ja, das musst du.« Belle legt alle Inbrunst in diesen Satz. »Bring ihn zur Strecke. Kümmere dich nicht um mich. Jage ihn. Und wenn du ihn seiner gerechten Strafe zugeführt hast, dann komm zu mir, komm in unser Haus in Aberdeen. Dann sollst du mir die alles entscheidende Frage stellen, Algernon.« Sie lächelt schamhaft. »Dem Mann, der mich aus der Gewalt des Monsters befreit hat, werde ich mich nicht länger verschließen.« Scheu senkt sie den Blick und hofft, dass so etwas wie Röte auf ihren Wangen spielt.

»Ist das wahr, Belle?«, antwortet er freudig. »Meinst du das ernst?«

Als sie aufblickt, erschrickt sie. Seinen Worten zum Trotz sind Algernons Augen eiskalt. Belle nimmt allen Mut zusammen und lügt, wie sie noch nie in ihrem Leben gelogen hat. »Ja, es ist wahr. Dann werde ich dich lieben wie du mich, Algernon. Aber jetzt geh und lass dich nicht länger von deinen Pflichten abhalten.«

»Und wie willst du von hier fortkommen?«

»Ich reite«, antwortet sie. »Snooky, mein Pferd, steht im Stall. Mach dir keine Sorgen. Bis zum Morgen bin ich wohlbehalten daheim.«

Belle lässt es zu, dass Algernon einen Kuss auf ihre Hand drückt. Da er sie noch umfasst hält, zieht sie ihn weiter zur Treppe. »Viel Glück.« Sie beobachtet erleichtert, wie er hinuntereilt, folgt ihm ein paar Stufen und winkt zum Abschied. Als sie seine Schritte verhallen hört, bleibt Belle stehen.

Von draußen hört man Rufe, Pferdeschnauben, Befehle werden gegeben. Das Schloss leert sich allmählich. Vorsichtig, als wäre sie ihrer Sache noch nicht sicher, kehrt Belle um. Schritt für Schritt zieht sie sich nach oben zurück und steht gleich darauf wieder in dem Raum mit seiner seltsamen Pracht. Durch das Fenster erkennt man das hektische Treiben vor dem Schloss. Ein Trupp sprengt bereits davon, die Übrigen besteigen ihre Pferde. Belle atmet auf. Sie eilt zu der dunklen Nische hin und reißt das Tuch beiseite. Unverändert liegt der Tiermensch da.

»Arthur, komm zu dir. Ich bitte dich!« Sie nimmt sein Gesicht in beide Hände. »Ich konnte sie in die Irre leiten. Sie sind fort. Nun müssen wir sehen, dass auch wir schleunigst verschwinden. Doch das schaffe ich nicht allein! Du musst mir helfen, Arthur.«

Ein leises Scharren von der Treppe. Belle zuckt zusammen. »Lennox? Bist du das?«, flüstert sie.

»Du brauchst Hilfe, meine Liebe?«, fragt eine böse, triumphierende Stimme. »Nun, ich helfe dir nur zu gern.«

»Algernon!« Ihr schwinden fast die Sinne vor Schreck. »Was machst du hier?«

»Ich bin nicht dumm, weißt du.« Mit federnden Schritten kommt er näher. »Deine überraschende Freundlichkeit, dieses ungewohnte Gesäusel von Verlobung, das passte so gar nicht zu deiner sonstigen Schroffheit.« Mit dem Stock deutet er auf sie. »Als du mir dann sogar zärtliche Aussichten machtest, war ich sicher: Du führst etwas im Schilde. Und ich wollte sehen, was das sein könnte.«

»Algernon, tu ihm nichts, ich bitte dich«, stammelt sie.

»*Ihm?* Du bist also doch nicht allein?« Mit bösem Lächeln nimmt er das Licht, beugt sich über die leblose Gestalt in der Nische und leuchtet sie von oben bis unten ab. »Er ist ja noch viel hässlicher, als ich dachte.«

»Lass ihn!« Belle hat sich von ihrem Schock etwas erholt. »Er stirbt, das siehst du ja. Er stirbt in kürzester Zeit. Lass ihn hier sterben. Tu ihm nichts.«

»Wieso *ich?*«, erwidert Algernon mit gespielter Harmlosigkeit. »Ich bin kein Henker. Ich bin nur dazu da zu erwirken, dass der Gerechtigkeit Genüge getan wird. Als Staatsanwalt ist das meine Pflicht.«

»Gerechtigkeit?«, erwidert sie verwirrt. »Er hat doch nichts verbrochen.«

»Glaubst du wirklich?« Schneidend klingen Algernons Worte durch den Saal. »Dieses Monster hat drei Mädchen auf dem Gewissen. Auf die bestialischste Weise hat er sie ermordet. Er ist die widerlichste Kreatur auf Erden. Und für seine Untaten wird er bezahlen.«

»Ein Mörder? *Er* soll diese Mädchen umgebracht haben, ausgerechnet er?«, fragt Belle fassunglos. »Er hat mich gerettet, als der Mädchenmörder mich angriff. Im Moor hat er mir das Leben gerettet.«

»Hast du Beweise dafür?«, entgegnet Algernon kühl.

»Ich bin der Beweis! Dass ich lebe, ist der Beweis.«

»Ich fürchte, das wird dem Richter nicht genügen.« Der Staatsanwalt betrachtet den Schlossherrn. »Wenn dieses

Wesen nichts zu verbergen hat, weshalb versteckt er sich dann hier draußen?«

»Was auch immer seine Beweggründe sind, er ist kein Mörder!«

Algernon richtet sich auf. »Ich werde ihn jetzt der Polizei übergeben, damit sie ihn ins Gefängnis von Aberdeen überstellt.«

»Das darfst du nicht.« Belle versucht, Algernon zurückzuhalten. »Du darfst deine Männer nicht rufen.«

Mühelos schüttelt der Staatsanwalt das Mädchen ab. Da sie sich anders nicht zu helfen weiß, packt Belle den Stock, den er stets bei sich führt. »Bleib hier!« Sie zerrt ihn zurück.

Ein helles Gleiten, ein kleiner Ruck, der Stock bleibt in Belles Hand zurück. Darunter war etwas verborgen, eine Klinge, ein scharf geschliffener Degen. Belle starrt die Waffe an.

»Diesen Degen habe ich schon einmal gesehen«, flüstert sie. »Mit diesem Degen wurde Arthur durchbohrt. Das ist der Degen ... des wahren Mädchenmörders.« In namenlosem Grauen hebt Belle den Blick. »Du bist es? Du warst es? Du hast all das getan?«

»Wovon redest du?« Algernon entreißt ihr den hohlen Stock, der seine heimtückische Waffe verbarg.

»Du warst es! Jetzt weiß ich es mit Gewissheit. Du hast mir im Moor aufgelauert, hast mich angegriffen. Und dein Komplize hat mich fast umgebracht.«

Die Miene des Staatsanwalts ist ruhig, nachdenklich und ernst. »Da du den Degen leider wiedererkannt hast, fürchte ich, wirst auch du gleich Bekanntschaft mit ihm machen. Und nicht nur du, auch dein abstoßender neuer Freund.«

Algernon zieht die Klinge des Degens aus dem Gürtel. »Ich hatte gehofft, dass das Monster gehenkt wird. Das wäre weit wirkungsvoller gewesen.« Bedauernd schüttelt er den Kopf. »Daraus wird nun nichts mehr. Nun, so stirbt er eben auf eine andere Weise. Und bedauerlicherweise stirbst auch du. Es tut mir sehr leid, Belle.«

Algernon holt mit der Klinge aus und richtet sie auf das Herz des Tiermenschen.

30

»Halt! Im Namen der Königin!«, ertönt eine Stimme aus der Dunkelheit.

Überrascht hält Algernon den Arm erhoben und dreht sich um. An der Treppe sieht er einen uniformierten Mann mit weißem Haar und ebenso weißem Bart auftauchen. Das ist kein Polizist. Das ist der Kommandant der Leibgarde Ihrer Majestät.

»Lassen Sie die Waffe fallen«, ruft er.

»Ich bin in Ausübung meiner Pflicht hier.« Algernon hebt den Degen ein zweites Mal.

»Halt, oder ich schieße!«

Der Staatsanwalt schaut in die Mündung einer Pistole. »Ich habe den Mädchenmörder gestellt«, entgegnet er in hilfloser Verzweiflung.

»Das ist eine Lüge.«

Nicht der Kommandant hat das gesagt. Nicht Belle hat gesprochen. Die Königin von England betritt das indische Zimmer.

»Majestät!«, ruft Belle erleichtert.

»Majestät«, stammelt der Staatsanwalt.

Hat er bis eben gezögert, ob er nicht doch noch zustoßen soll, lässt Algernon den Degen nun sinken. Aber er gibt noch nicht auf. »Eure Majestät kommen genau im rechten Augenblick. Ich habe den Unhold gefunden, der im dringenden Verdacht steht ...«

»Schweigen Sie, Mister Traddles.« Wie mit einem Messer schneidet die Königin ihm das Wort ab.

»Er ist der Mädchenmörder, Eure Majestät.«

Die Queen ist außer Atem. Die Anstrengungen des Treppensteigens sind ihr anzusehen. »Die Königin von England würde niemals das Schloss eines Mörders betreten«, entgegnet sie. »Sie betritt die Räume eines zutiefst unglücklichen Wesens.« Gefolgt von drei Mann ihrer Leibgarde kommt sie näher. »Hier geht es tatsächlich um Mord, Mister Traddles«, fährt sie fort. »Und der wahre Mörder befindet sich in diesem Raum.« Sie erhebt die Stimme. »Also ist etwas nicht in Ordnung in meinem Staat.«

Als hätte man Algernon eine Maske abgerissen, zeigt er plötzlich sein wahres Gesicht. Seine Locken sind immer noch unverschämt blond, weich fällt das Haar auf seine Schultern. Er trägt noch immer die Züge eines attraktiven Mannes. Aber es sind auch Verderbtheit und Verschlagenheit darin. Das sind die Augen eines Lügners, das ist der Mund von einem, der die Unwahrheit spricht. Das ist das eitle, selbstgerechte Gesicht der Bosheit.

»Ich weiß nicht, was Sie meinen, Majestät«, antwortet er ohne jeglichen Respekt. »Ich bin der Staatsanwalt.«

»Das waren Sie.« Ein Kopfnicken der Queen zu ihrem Kommandanten.

»Sie sind verhaftet«, sagt dieser.

Algernons Lippen werden schmal. »Es gibt nicht den geringsten Beweis für meine Schuld.«

»Der wird bald erbracht werden«, erwidert der Offizier.

Algernon zeigt auf das bleiche Wesen, das kein Lebenszeichen von sich gibt. »Ich habe in diesem Schloss eine Kreatur von bestialischem Aussehen gefunden. Was würde geschehen, wenn ich diese Monstrosität der Öffentlichkeit präsentiere?« Er fasst die Königin ins Auge. »Was würde geschehen, wenn man erfährt, dass er sich jahrelang auf Euren Ländereien versteckt hielt?«

»Das soll nicht mehr Ihre Sorge sein, Mister Traddles«, antwortet die Queen. »Sie werden schon bald Bekanntschaft mit dem Henker machen.«

»Sie wollen mich hängen – *mich?*« Entsetzen steht in Algernons weit geöffneten Augen. »Ich vertrete das Gesetz!«

»Und ich *bin* das Gesetz«, erwidert die Königin ruhig.

Algernon weicht zur Wand zurück, um dem Kommandanten auszuweichen. »Wo sind Eure Beweise, Majestät?«

Auf einen Wink der Königin sind leichte, zögernde Schritte zu hören. Schließlich betritt Rudya Morphed den Raum. Ihr Gesicht ist ausdruckslos, wie aus Wachs.

»Hier ist der Beweis, Mister Traddles«, sagt die Queen.

»Rudya!«, stößt Algernon hervor.

»Ich hatte meine Hofdame schon länger im Verdacht, ein doppeltes Spiel zu spielen«, setzt Victoria fort. »Ein gewissenloser Liebhaber nahm ihr Herz gefangen, sodass sie ihre Pflichten vergaß. Doch gottlob hat meine Hofdame sich am Ende an ihre Pflichten erinnert. Sie ist auf den Pfad der Redlichkeit zurückgekehrt.«

Stumm steht Rudya da und sagt kein Wort. Traddles, der

endlich begreift, dass das Spiel aus ist, übergibt statt einer Antwort seinen Degen dem Kommandanten der Leibwache. Zwei Männer treten hinter den abgesetzten Staatsanwalt, zu dritt verlassen sie den Raum.

Als Algernon an Belle vorbeikommt, bleibt er noch einmal stehen. »Bist du jetzt glücklich?«, fragt er mit unverhülltem Hass. »Jetzt hast du dein Monster ganz für dich allein.«

Belle hätte antworten können. Auch während des Verhörs der Königin hätte sie einiges zu sagen gehabt, doch sie hat es nicht getan. Mit gerade mal siebzehn Jahren hat sie einen Blick in den Abgrund des Bösen getan, der ihr das Herz gefrieren lässt. Sie weiß dem Manne nichts zu erwidern, der sie heiraten wollte, während er gleichzeitig Mädchen ihres Alters umbrachte, der sie selbst beinahe umgebracht hätte. All das ist für Belle zu groß, zu übermächtig, zu widerwärtig. Und trotzdem, endlich ist es vorbei. Ohne Algernon einer Antwort zu würdigen, wendet Belle sich ab.

Man führt den Delinquenten hinaus. Die Garde bringt ihn aus dem Schloss, das er als Triumphator betreten hatte, bringt ihn dorthin, wo sein Schicksal ihn erwartet.

»Wir wollen mit Miss McBean allein sein«, sagt die Königin, während die Schritte des Mörders noch auf der Treppe verklingen.

»Majestät, Ihr wollt in einem Raum bleiben mit diesem ...?« Der Kommandant zeigt auf das Geschöpf, das vor ihnen liegt.

»Ich weiß Ihre Fürsorge zu schätzen«, antwortet die Königin. »Aber es ist mein Wunsch.« Als sich der alte Mann nicht von der Stelle rührt, setzt sie hinzu: »Es ist mein Befehl.«

»Jawohl, Majestät.« Eine knappe Order, schon verlassen er und die Übrigen das indische Zimmer.

Kaum sind sie gegangen, scheinen die Königin ihre Kräfte zu verlassen. Sie taumelt.

»Majestät?« Belle springt hinzu und hilft der alten Frau, sich an den Rand des Bettes zu setzen. »Was habt Ihr?«

»Ich bin es nicht gewohnt, den Detektiv zu spielen. Ich bin es nicht gewohnt, solche Treppen hochzusteigen.« Nach ein paar Sekunden fasst sie sich und betrachtet ihn.

»Mein Junge«, flüstert die alte Frau. »Mein armer, unerlöster Sohn. Ich habe ...« Sie hält inne. »Ich habe gewusst, dass irgendwann der Tag kommen würde, an dem sein frühes Ende ihn ereilen würde.«

»Aber wieso?«, flüstert Belle fassungslos. »Ich verstehe das alles nicht. Er hat so viele Jahre mit dem Fluch gelebt. Weshalb jetzt, weshalb heute Nacht?«

Bevor die Queen antworten kann, taucht ein Schatten aus der Tiefe des Raumes auf.

»Tantya«, sagt Victoria. »Da bist du ja, mein Guter.«

Auf leisen Pfoten schleicht der Panther näher.

»*Tantya?*«, flüstert Belle. »Tantya ist sein wahrer Name? Ich dachte, so hieß der Feldherr, der den Fluch gegen Euren Sohn ausgesprochen hat.«

»So ist es, Kind. Und doch *ist* dies Tantya. Es ist seine Seele in Tiergestalt.« Furchtlos beobachtet die Königin, wie das große Tier neben ihr auf das Lager springt und sich über dem Bewusstlosen aufrichtet.

»Es reicht«, schreit Belle in größter Fassungslosigkeit. »Ich will nichts mehr wissen von Dolchen und Blumen und indischen Zauberern, die als Panther durch ein schottisches

Schloss geistern! Ich will von all dem Zauberspuk nichts mehr hören.«

Sie wirft sich über den leblosen Sohn der Königin. »Nur um ihn geht es mir. Nur er ist mir wichtig, sein Schicksal. Ihn will ich retten. Es muss doch einen Weg geben! Alles bin ich bereit, dafür zu tun.«

Da wendet der Panther seinen Kopf zu der alten Frau.

»Verlange nicht von mir, dir diesen Weg zu nennen.« Mit gebeugten Schultern sitzt Victoria da. »Verlange es nicht von dir selbst.«

»Sagt es mir, Majestät. Sagt es mir als seine Mutter.«

Die leuchtenden Augen des Panthers sind auf die Queen gerichtet. Ihr Atem geht stockend, mit der Hand fährt sie sich über die schweißnasse Stirn. »Arthur ist mein Sohn. Was auch aus ihm geworden ist, was er auch verbrochen hat, er ist und bleibt immer mein Sohn.«

»Ich verstehe, Ma'am. Trotzdem sagt mir bitte alles«, beharrt Belle.

»Nun gut. Nachdem Arthur in jene grauenvolle Gestalt verwandelt worden war, fand er in einem alten indischen Buch einen Zauber, ähnlich dem, unter dem er selbst leiden muss. Bei jenem Zauber werden drei Phänomene von unbeschreiblicher Macht beschrieben«, fährt die Königin fort. »Die drei Dinge sind: die Strafe, die Hoffnung und die Seele des Opfers. Das Zusammenwirken dieser drei wird durch Symbole dargestellt. Die Strafe – das war der Dolch, den Arthur seinem Gegner geraubt hatte. Die Blume, die sich um den Dolch schlingt, ist die Hoffnung, dass Vergebung und eine Wiedergeburt für meinen Sohn möglich wäre, trotz seiner verabscheuungswürdigen Tat.« Victoria muss sich einen

Moment sammeln, dann setzt sie fort. »Nachdem Arthur nach Schottland zurückgekehrt war, sperrte er den Dolch weg. In seinem Unglück wollte er ihn nicht mehr sehen. Erst nachdem er in zahllosen Büchern nach den Wurzeln des Schamanentums geforscht und jenes besondere Buch gefunden hatte, holte er die Waffe Tantyas wieder hervor und machte zu seinem Erstaunen eine ungewöhnliche Entdeckung: In völliger Finsternis war eine magische Blume zum Leben erwacht. Das geheimnisvolle Gewächs rankte sich um den Dolch. Mit dem Blut Tantyas nährte dessen Waffe die Blume und damit die Hoffnung für meinen Sohn.«

Victoria legt ihre Hand auf Arthurs Brust. »Als er diesen Zauber entdeckt hatte, vermehrte Arthur seine Anstrengungen, den Ursprung des Mysteriums zu enträtseln. Wie ein Schamane führte er magische Rituale durch. Er hielt sich genau an die Beschreibungen des Buches und stellte unzählige Experimente an, ohne eine Wirkung zu erzielen. Bis er eines Tages – er war nun schon jahrelang auf Kinord Castle gefangen – eine Beschwörung vollzog, die die Seele des Opfers zum Leben erwecken sollte. Er hatte kaum noch Hoffnung, dass ausgerechnet dieses Experiment zum Erfolg führen würde. Doch als das Ritual beendet war, tauchte plötzlich ein Wesen aus der Finsternis auf.«

»Der Panther«, flüstert Belle.

»So war es. Ein Tier des indischen Dschungels war in der Wildnis Schottlands erschienen, um fortan an der Seite meines Sohnes zu bleiben. Da der getötete Tantya nicht wieder auferstehen konnte, wurde der Panther sein Stellvertreter.«

»Er ist die Seele des Opfers.« Belle betrachtet zuerst das Tier, dann den Tiermenschen und schließlich die alte Frau.

»Doch eines habt Ihr mir noch nicht gesagt«, fährt sie vorsichtig fort.

»Ich weiß, dass ich das noch nicht getan habe«, antwortet die Queen mit erstickter Stimme. »Ich kann nicht. Es ist unmöglich auszusprechen.«

»Tut es«, entgegnet Belle mit Festigkeit. »Lasst mich daran teilhaben.«

»Auch das ist die Geschichte eines Opfers.« Victoria wagt nicht, das Mädchen anzusehen. »Ein Opfer, so unermesslich groß, dass es von niemandem erbracht werden kann.«

»Weiter, Majestät.« Belles Stimme ist ruhig, ihre Züge sind gefasst. »Nur weiter.«

»Wenn es einen Menschen geben sollte, der imstande wäre, meinen unglücklichen Sohn zu lieben, ihn aus reinem Herzen und mit lauterer Seele zu lieben, trotz allem, was er verbrochen hat, dann gibt es einen Weg, den Fluch zu lösen.«

»Dann ist jenes Opfer schon erbracht!«, ruft Belle überrascht und glücklich in die Dunkelheit. »Dann gibt es kein Hindernis mehr für uns.« Sie nimmt die Hand des Liegenden und blickt die Königin an. »Ich liebe ihn. Ich liebe Euren Sohn, Majestät. Ich liebte ihn schon, als ich noch keine Ahnung hatte, wer er war und welche Person sich hinter dem unglücklichen Tierwesen verbirgt. Ich habe ihm mein Herz geschenkt und ich will es ihm auch in Zukunft schenken.«

Als ob es einer Bestätigung ihrer Worte bedürfte, wirft Belle sich über den Mann, der kein Lebenszeichen von sich gibt, und küsst ihn hingebungsvoll. Doch wenn sie glaubte, dass ein Fluch von solcher Macht durch ein Liebesbekenntnis allein zu lösen wäre, nur durch einen Kuss, muss sie ihren Irrtum sofort einsehen. Denn nichts geschieht. Der Liegende ist bleich, als wäre er schon tot. Auch die Blume bleibt verdorrt. Kein Zauber durchweht das Zimmer.

»Du bist ein wunderbares Mädchen, Belle«, lässt sich die Königin vernehmen. »Nichts macht mich glücklicher, als dass mein Sohn imstande war, dein Herz zu rühren, selbst in dieser schrecklichen Gestalt. Leider muss ich dir sagen, die mystischen Gesetze Indiens sind hart und grausam. Ein Leben kann nur durch ein anderes Leben Erlösung finden. Ein Tod kann nur durch einen anderen Tod gerächt werden.«

»Und was heißt das?«, fragt Belle verwirrt.

»Dass es für Arthur kein Zurück gibt. Es bedeutet, dass er noch in dieser Nacht sterben muss. Denn die Hoffnung ist erloschen.«

»Das verstehe ich nicht«, schreit Belle. Aufgebracht, wie sie ist, vergisst sie, wem sie gegenübersitzt. »Welches Leben – welcher Tod? Was meint Ihr?«

»Dein Leben, mein Kind«, antwortet die alte Frau traurig. »Sagte ich dir nicht, dass dieser Ausweg in Wirklichkeit gar kein Ausweg ist?«

»Weiter!« Belle starrt die Königin an. »Was ist das Geheimnis?«

»Sollte die Liebe eines Menschenkindes groß genug sein, dass es meinen Sohn unbedingt retten will, so muss es diesen Dolch ergreifen und ihn sich ins eigene Herz stoßen.«

Die Königin schweigt. Belle schweigt. Es ist still, bis auf das leise Knurren des Panthers, dessen gelbe Augen auf Belle gerichtet sind.

»Nein«, haucht Belle. »Nein, das ist unmöglich. Was für

ein menschenverachtender, grausamer Zauber.« Sie blickt in die Augen des Raubtieres.

»Wenn du wirklich die Seele Tantyas bist, dann sag mir, welchen Sinn sollte ein solches Opfer haben? Ein Mensch tötet sich selbst, um einen anderen zu retten? Das ist verwerflich und barbarisch. Dieser Zauber wurde nicht im Himmel, sondern in der Hölle erschaffen.«

»So ist es«, nickt die Königin. »Und Arthur wusste das. Er glaubte nie daran, dass du seine Retterin werden könntest. Aber er hat ... Er hat dich lieb gewonnen. Er liebte dich von ganzem Herzen, Belle. Und in der Reinheit, der Verwirrung dieser Liebe erwachte in ihm vielleicht die Hoffnung ...«

»Dass ich mich für ihn umbringe? Was für eine Liebe wäre das, wenn ein Liebender sich den Tod gibt, damit der Geliebte lebt?«

»Der endgültige Ausgang des Zaubers wird in dem Buch nicht beschrieben. Dort heißt es nur, dass die Liebenden zu guter Letzt vereint sind.«

»*Zu guter Letzt*? Bedeutet das – im Tod? Würde Arthur etwa mit mir zusammen sterben?«

»Ich weiß es nicht.«

»Weißt du es?«, fragt Belle den Panther.

Die Augen des Tieres verengen sich. Er fletscht die Zähne.

Belle steht auf. »Nein. Ich kann nicht. Fast alles würde ich tun, damit Arthur wieder leben darf. Aber das nicht. Das niemals.« Die Tränen drängen in ihr hoch. »Das kann ich unmöglich tun, nicht einmal für ihn.« Ungehemmt rinnen die Tränen über ihre Wangen. Belle starrt die Königin, sie starrt Arthurs leblose Gestalt an und den Panther. »Wie darf man so etwas verlangen? Um seine Liebe zu beweisen, soll man etwas Gottloses und Böses tun? Das ist keine Erlösung, das ist ein Höllenspuk.«

Weinend stürzt Belle vom Lager des Tiermenschen fort und hastet aus dem Zimmer, das nur Tod und Verderben bereithält. »Niemals! Nie!«

Ihr Schrei hallt durch die Nacht. Ihr Schrei erreicht die alte Frau, die am Bett ihres Sohnes sitzen bleibt, sein Gesicht streichelt und leise zu weinen beginnt.

31

Ein kalter Wind rauscht durch die Blätter. Nieselregen auf den Steinen, Nieseln im Morgengrau, das Licht erwacht. Das ist kein heller Morgen, der uns das Leben erwartungsvoll begrüßen lässt, kein Versprechen, keine Ahnung von Zukunft und Glück. Das ist ein Morgen voller Angst. Das graue Licht vertreibt zwar die Schatten der Nacht, doch es legt nur das nackte, schutzlose Dasein bloß.

Belle ist allein, sie liegt auf der Erde, der nassen Erde. Sie ist umhergeirrt, stundenlang, bis die Kräfte sie verließen, bis sie nicht mehr weinen, ihren Schmerz nicht länger hinausschreien konnte in die erbarmungslose Wildnis. Dieses Hochmoor bedeutete von Anfang an Belles Verderben: Seit sie sich in jener Nacht hierherverirrte, hat sie sich im wahrsten Sinne selbst verloren. Ihr Leben gehört ihr nicht mehr, andere nisteten sich darin ein – der Mädchenmörder, die Königin und das Monster. Ja, das Monster. Denn wie konnte Arthur sie in seinem Bannkreis festhalten, wenn er wusste, welches Opfer zu seiner Rettung nötig wäre, wenn er in sich die Hoffnung zuließ, Belle würde dieses Opfer für ihn bringen?

Belles Weinen ist zu einem Röcheln erstorben, ihr Schrei

zu einem Flüstern. Sie wälzt sich in ihrer Verzweiflung im Wintergras, das der Regen in ein eisiges Bett verwandelt.

Wieso musste ich lernen, ihn zu lieben, wenn das hier nun das Ende für uns beide sein soll? Er wird sterben, ich werde Kinord verlassen und zurückkehren, wohin? In mein altes Leben? Bin ich daraus nicht genauso vertrieben worden wie aus seinem Leben? Durch ihn habe ich neue, unbekannte Dinge kennengelernt, ich habe die Bekanntschaft der Königin gemacht, die unser aller Schicksal lenkt und nun vom Schicksal ihres Kindes überwältigt wird. Wie kann ich nach alledem einfach zurückkehren nach Aberdeen, wie kann ich wieder die Tochter des Tierarztes sein?

Der Wind ist es, der Belle aufschreckt, dieser erbarmungslose Wind, der die toten Halme bewegt und das Mädchen frieren lässt. Sie kommt hoch, sie taumelt los. Ohne Ziel bewegen sich ihre Füße, sie wankt durch das hohe Gras, ihre Kräfte sind aufgebraucht.

Da erscheint ein Licht am Horizont. Dort wird es heller, ein lichter Streifen in dem düsteren Grau. Fast muss Belle lachen. Natürlich wird es im Osten hell. Das ist die Sonne, die Verkünderin des Tages, die sich hinter dem Nebelschleier emporquält, um auch diesen traurigen Tag zu bescheinen. Die Sonne geht auf.

Belle erschrickt. Es ist keine Ahnung, die sie plötzlich schneller laufen lässt, sondern die Gewissheit, dass der Sonnenaufgang zugleich auch sein Ende bedeuten wird. Wenn der Tag vollends anbricht, wird sein Leben aufhören. Wenn der Tag kommt, stirbt er.

Schon werden die Konturen deutlicher. Belle ist auf ihrer nächtlichen Flucht nicht weit gekommen. Dort rechts, das müsste der Weg zum Loch sein. Linker Hand beginnt der Wald. Wenn sie ihn durchquert, sollte sie Kinord Castle rasch wiederfinden. Belle rennt. Sie achtet nicht auf morastige Löcher, sie springt darüber, stolpert hinein, strauchelt, fängt sich und erreicht den Wald. Der Pfad ist zertreten von den Pferden, die hier nachts heranpreschten. Das Licht wird heller, rundum erweckt es den Wald zum Leben. Das Grau zieht sich zurück und macht dem Morgenrot Platz, dem Lebensboten.

Bevor es Tag wird, muss ich das Schloss erreichen, ich muss dort sein, bevor er stirbt. Belle wischt das nasse Haar aus ihrem Gesicht, verlässt den Wald und erreicht das Vorfeld des Schlosses.

Da sieht sie etwas Düsteres, etwas Schweres stehen. Ist es die Kutsche Ihrer Majestät? Nein, es ist das Orchestrion. Belle hatte das Instrument ganz vergessen, das ihren Geburtstag so klangvoll verschönte. Mein Geburtstag ist vorbei, das Fest ist aus, denkt sie und muss zugleich an den letzten Abend denken, als sie beide über den Waldboden tanzten, zu der Musik, im Licht der Fackeln. Das war ein Augenblick reinen Glücks. Der Tanz mit der Bestie ist vielleicht das Schönste, was ich je erlebt habe, denkt Belle.

Sie ist schon auf den Stufen und im Schloss, sie rennt durch leere Säle, erreicht das geheime Treppenhaus und eilt hinauf. Alles ist verweht, alles verlassen, das Zimmer, dieser gefälschte Raum wirkt auf Belle, als ob er seit Langem verwaist wäre. Die Wandteppiche sind herabgesunken, die dunklen Mauern liegen bloß. Weit offen steht dort der Tabernakelschrank, er birgt nichts mehr, was man enträtseln müsste. Nirgends ein Zeichen der Königin. Ist sie gegangen?

Hat sie ihren Jungen in der Stunde seines Todes verlassen? Alles, was Belle hier vorfindet, scheint verlassen. Hier endet alles, hier und jetzt.

Sie eilt zu seinem Lager. Sein Anblick bestätigt ihre Befürchtung: Er schwindet. Doch was Belle schon manchmal bei sterbenden Tieren gesehen hat, das geschieht auch hier. In den letzten Momenten ihres Lebens gewinnen solche Menschen den Abglanz ihrer früheren Gestalt zurück. Beleibte Menschen werden schmal, grausame Menschen erhalten die Weichheit früherer Tage wieder. Ja, der Tod ist ein Meister der Verklärung, er gaukelt uns Bilder vor, die schon im nächsten Augenblick verweht sein werden. Belle betrachtet Arthur. Unverändert trägt er die Merkmale seines Fluches, und doch ist eine Verwandlung, eine Reinigung in ihm vorgegangen.

»Arthur …« Sie sinkt an seine Seite. »Der Tag beginnt. Willst du ihn nicht begrüßen? Willst du nicht die Sonne sehen?«

Weil sie so hilflos ist in ihrem Schmerz, weil sie das grausame Opfer, das der Zauber von ihr verlangt, nicht zu bringen vermag, nimmt Belle den Leblosen in ihre Arme. Wie leicht er geworden ist, so leicht, dass ihr ein Einfall kommt. Sie nimmt alle Kraft zusammen, fasst unter seine Kniekehlen und hebt den bisher so schweren Mann hoch. Das Monster, das die Kraft besaß, sie quer durch diesen Raum zu schleudern, ruht in Belles Armen. Sie trägt ihn zum Fenster und setzt ihn auf die Brüstung, seinen Kopf an ihre Schulter gelehnt.

»Siehst du die Morgenröte, siehst du den schönen Glanz, der das Leben verspricht? Auch dir, Arthur, auch dir!«

Seine Hand sinkt schlaff herab. Etwas entgleitet ihr und fällt mit hellem Klirren zu Boden. Belle starrt den Dolch an. Blutrot leuchten die Edelsteine im erwachenden Licht. Die Blume, die sich darum wand, ist fort. Die Hoffnung ist verschwunden. Mit der einen Hand das Wesen stützend, bückt sich Belle und hebt den Dolch auf. Indische Schriftzeichen zieren seine Schneide. Wenn man sie enträtseln könnte, würde dann der Dolch erzählen, welchen Zauber er in sich birgt?

»Nein. Er ist ein Ding, das nur den Tod bringt«, flüstert Belle. »Das ist sein ganzes Rätsel.«

Als ob sie einen grausigen Spaß machen wollte, dreht sie die Klinge um und führt die Spitze gegen ihre eigene Brust. Es schmerzt. Ein Schmerz, der Endgültigkeit verspricht. Sie presst den Dolch weiter hinein, bis er ihr Kleid durchbohrt, die Haut berührt und sich durch die Haut hindurchzudrängen beginnt. Belle fühlt das Blut, das jetzt hervorquillt, es färbt den Stoff des Kleides rot. Während sie die Waffe tiefer und tiefer in sich hineindrückt, sieht sie den Bewusstlosen an.

»Ist es das, was du willst? Ist das unser Schicksal? Werden wir so vereint sein, im Tode vereint?«

Sie fühlt, wie die scharfe Klinge auch vor dem Brustbein nicht haltmacht und es zu durchstoßen droht. Belle geht ganz in ihrem Schmerz auf, sie weiß nicht länger, ist sie es, die die Waffe führt, oder ist es der Schmerz, der sie nun leitet? Belle lächelt. Sie fühlt die kalte Schärfe in der Brust, die sie wie ein eisiger Strahl aus Wasser durchpulst. Ein Ruck noch, nur ein einziger Ruck, und sie wird ihr eigenes Herz durchbohren.

Die Sonne erscheint am Horizont. So wie das Messer Belles Herz zu durchstoßen droht, durchbricht die Sonne die Düsternis, den Nebel, das Wolkengespinst. Die Sonne erhebt sich und taucht das Schloss ins Licht der Morgenröte. Es ist die Geburt des neuen Tages. Die Nacht hat verloren, die Sonne regiert.

Seine Hand ist schmal, aber ihr Griff ist fest. Seine Hand packt Belles Arm, packt die Faust, die den Dolch in ihr eigenes Herz treiben will. Als Belle in ihrem Schmerz aufblickt, sieht sie in seine großen, todeswunden Augen. Seine Augen sind wie ein Versprechen, das Versprechen, dass heute nicht der Tag ist, um zu sterben. Nicht für Belle.

»Tu es nicht, Belle«, sagt er mit leiser Stimme und hält sie fest. Er entwindet ihr den Dolch, nun liegt die Waffe in seiner eigenen Hand. Er betrachtet das verzierte Ding noch einen Augenblick, dann holt er aus und schleudert den Dolch des indischen Zauberers weit hinaus. Die Waffe fliegt auf die Eiche zu, die Belle bei Nacht erklommen hat, sie fliegt darüber hinaus und immer weiter, bis der magische Dolch im Grase niedergeht, im Moor, wo er in ein schwarzes Wasserloch fällt und versinkt. Die brackige Brühe schließt sich über Tantyas Dolch, als hätte er nie existiert.

»Arthur …« Belle blickt auf ihre Brust, wo Blut hervorquillt.

»Du bist die Blume«, flüstert er. »Meine Blume. Mit deinem Blut wolltest du mich erlösen.« Er legt die Hand auf ihre Wunde. »Das ist das größte Opfer, das ein Mensch zu bringen vermag. Doch ich will es nicht.«

»Aber dann … dann wirst du …« In ihrem Schmerz sieht sie ihn an.

»Ich will es so, denn ich liebe dich.« Lächelnd hebt er den Kopf, sie senkt die Lippen zu ihm herab. Er küsst sie, und sie küsst ihn, im Bewusstsein eines niemals endenden Gefühls. Ein Kuss, in dem die Ewigkeit eingeschlossen ist.

Es ist nur ein Schatten. Schnell ist er aufgetaucht und lautlos. Beide sehen ihn kommen, sich küssend blicken sie auf. Es ist der Panther. Er schießt durch den Raum, mit mächtigen Sprüngen setzt er auf die Liebenden zu, als ob sie die Beute sein sollen, auf die er aus ist. Er setzt zum Sprung an. Belle und der Mann in ihren Armen erstarren, dann ist der Panther an ihnen vorbeigesprungen. Mit einem mächtigen Satz fliegt er über sie hinweg und aus dem Fenster, aus dem Schloss, in den neuen Tag hinein. Als würde der Panther dem Dolch Tantyas hinterherspringen, folgt er ihm hinaus in die Unendlichkeit. Und wirklich, während die beiden ihm staunend nachblicken, löst sich die schwarze Katze vor ihren Augen auf. Er fällt nicht, er landet nicht, nirgendwo berührt er den Boden. Er ist gesprungen und verschwunden – Tantyas Seele hat sich aufgelöst. Sie entflieht in eine Sphäre, wo sich Gestalt in Geist verwandelt, wo das Körperliche zu Energie wird und zu Licht. Mit dem Panther ist auch der Fluch des Magiers aus dem Fenster fortgeflogen und hat aufgehört zu existieren.

Während Belle noch nicht begreift, was ihnen widerfährt, während sie den Panther mit den Augen sucht, während sie stammelnd erste Worte formt, um das Unglaubliche zu benennen, sinkt der Mann, das Wesen, der Tiermensch aus ihren Armen zu Boden. Als hätte die springende Raubkatze das Leben aus ihm fortgerissen und mitgenommen in die Lüfte, so liegt er da. Das ungebändigte Haar, die Hornfortsätze auf der Stirn, die wüste Nase, das alles sieht man noch. Und doch umfängt der Fluch sein Opfer nicht mehr, hält es nicht länger in seinem Bann. Der Dolch ist versunken, die Raubkatze wurde zu Licht und auch die Blume hat sich verwandelt. Die Blume sitzt dort auf dem Fensterbrett, Belle, die blutende Blume, aus deren Brust das Blut quillt.

Wenn ein Mädchen zu einer Blume werden kann, die wieder zu einem Mädchen wird, das noch nicht begreift, wenn aus einem Panther Licht werden kann, wenn in einem schottischen Schloss die Morgensonne auf indischen Teppichen funkelt, dann kann sich auch ein Tiermensch in eine neue Gestalt verwandeln. Es ist wundersam und herrlich, aber es ist wahr.

Und so geschieht es, dass Belle McBean, als sie den Blick ins Zimmer wendet, nicht auf das Geschöpf aus einer namenlosen Urwelt schaut, in der Tierisches und Menschliches miteinander verschmolzen sind, sie erblickt einen jungen Mann. Kraftlos liegt er da. Das dunkelrote Gewand, das gerade noch die Bestie umhüllte, umhüllt nun ihn. Schlank ist er und groß, er hat ein attraktives, wenn auch erschöpftes Gesicht. Sein Haar ist schweißnass, die Lider sind schwer, die schönen Lippen zittern, so wie man zittert, wenn man aus einem abgrundtiefen bösen Traum erwacht.

»Arthur.« Belle möchte aufspringen, zu ihm niederstürzen, ihn fassen und ihn küssen. Doch sie ist zu erschöpft. Ihr Herz tut weh, gerade hat sie versucht, einen Dolch hineinzustoßen. Belle lehnt auf dem Fensterbrett und betrachtet den liegenden jungen Mann, den sie so lieb hat, dass es noch mehr schmerzt als alles andere.

Er hebt den Kopf und spricht zum ersten Mal mit seiner

wahren Stimme. »Du hast mir das Leben gerettet«, sagt Arthur, der junge Duke of Cumberwall.

»Ich glaube wirklich, das habe ich«, antwortet die Tochter des Tierarztes. Sie blinzelt im Morgenlicht. »Lass uns hinausgehen, Arthur. Es ist so ein schöner Morgen.«

Belle lässt sich vom Fensterbrett sinken, nimmt seine Hand und hilft ihm, auf seinen eigenen Beinen zu stehen.

32

Es wird geredet und gerätselt, Gerüchte machen die Runde, man weiß nichts Genaues. Doch das hindert die Menschen nicht daran, sich die tollsten Geschichten auszudenken.

Ein junger Mann, heißt es, sei in Schottland angekommen. Er habe ein verfallenes Schloss gekauft, das auf den Besitztümern der Königin liegen soll. Er wolle es instand setzen, sagt man, und von nun an dort wohnen. Man weiß wenig über die Herkunft des jungen Mannes. Es hält sich allerdings das Gerücht, er solle der verschollene Sohn der Queen selbst sein, jener Duke of Cumberwall, der vor langer Zeit nach Indien gegangen war, um den Aufstand niederzuschlagen, und nicht wiederkehrte. Einige meinen, der Fremde habe eine erstaunliche Ähnlichkeit mit jenem Prinzen, andere geben zu bedenken, Arthur müsse inzwischen um einiges älter geworden sein, dieser Fremde sei aber kaum in seinen Zwanzigern. Die Königin sehe neben ihm nicht wie seine Mutter, sondern wie seine Großmutter aus.

Das Allermerkwürdigste an der Geschichte ist, dass dieser Fremdling nach nur kurzem Aufenthalt in der Gegend bereits eine Braut gefunden habe, ein Mädchen aus Aberdeen, ein besonders hübsches Mädchen. Diese Neuigkeit erwärmte die Herzen der Leute, denn von einer Sache hören sie stets am liebsten: dass zwei Menschen miteinander glücklich werden. Es gibt ja schon genug Grauenvolles und Unfassbares auf dieser Welt und das Böse macht auch vor Schottland nicht halt.

Weil das so ist, wird an einem verhangenen Morgen im Mai vor dem Justizgebäude von Aberdeen ein Richtplatz aufgebaut. Üblicherweise werden Todesurteile nur noch mithilfe des Henkerstricks vollstreckt, doch die Schwere des Verbrechens, das die beiden Schurken begangen haben, ist so außergewöhnlich, dass auf Befehl des Obersten Lordrichters noch einmal das Fallbeil zur Anwendung kommen soll. Eine bizarre Fügung will es, dass der verurteilte Delinquent vor ebenjenem Gebäude hingerichtet werden soll, in dem er selbst als Staatsanwalt gewaltet hat. Durch strenge Verhöre kam zutage, dass Algernon Traddles seinen Assistenten und Sergeant dazu verdungen hatte, grausame Morde an jungen Mädchen zu begehen, damit Traddles ebendiese Morde als Staatsanwalt auf spektakuläre Weise aufklären konnte. Das menschenverachtende Motiv seiner Taten sei mit nichts anderem als dem Tod zu ahnden, befand das Gericht.

Und so besteigt Algernon, der Haupttäter, als Erster das Schafott. Er tut es in einem eleganten Anzug. Sein berühmtes blondes Haar hat man ihm allerdings geschoren, weil es den Henker bei der Arbeit behindern würde. Statt mit wehender Mähne ersteigt Algernon mit kahlem Kopf die Stufen zum Richtblock. Die Jacke wird ihm abgenommen, ebenso der Kragen seines Hemdes. Bevor er seinen Kopf auf den Holzblock senkt, wirft er einen Blick hinunter auf seinen rothaarigen Komplizen. Der Mann, der drei Mädchen bestialisch tötete, wimmert vor Todesangst und muss von zwei Constables aufrecht gehalten werden, damit er nicht zusammenbricht. Diese Blöße will sich Algernon nicht geben. Er wendet sich zum Henker, der ihn mit dem Beil in der Hand erwartet.

»Mach deine Sache gut«, sagt Algernon und reicht dem Scharfrichter eine Goldmünze, damit verhindert wird, dass der Mann mit der Axt eine blutige Pfuscherei anrichtet und mehrmals zuschlagen muss, bevor der Kopf vom Rumpf getrennt ist.

Algernon kniet sich hin. Sein Blick geht in die Runde. Viele Menschen sind zu dieser öffentlichen Exekution gekommen, Belle McBean ist nicht darunter. Algernon bedauert das. Es hätte ihm Genugtuung bereitet, wenn gerade sie gesehen hätte, mit welcher Gleichmut er dem Tod ins Gesicht blickt. Von Anfang an hatte er versucht, die schöne Belle von seinen Qualitäten zu überzeugen. Merkwürdigerweise ist ihm das nie gelungen.

»Ich bin so weit.« Algernon legt das Kinn auf den Richtblock.

Der Henker, dessen Gesicht unter einer roten Samtkapuze verborgen bleibt, holt weit aus und trennt das Haupt des Staatsanwalts mit einem einzigen Streich vom Körper. Ein Aufschrei geht durch die Menge, als der Kopf in den Korb fällt. Der nächste Delinquent wird hochgezerrt.

Niemand von denen, die das schreckliche Schauspiel begaffen, weiß von dem besonderen Schicksal einer Hofdame der Königin. Rudya Morphed wurde nach kurzem Prozess in ein Gefängnis überstellt, das in der einsamsten Gegend der

Highlands liegt. Dort wird Victorias verräterische Hofdame so lange eingesperrt bleiben, bis ein gnädiger Tod sie von diesem Leben erlöst.

* * *

Der Morgen, an dem der junge Fremdling und die Tochter des Tierarztes einander das Jawort geben, ist weder grau noch verhangen. Die Sonne leuchtet am Firmament, überall stehen die Frühlingsblumen in voller Blüte. Auch die Menschen, die die Straßen säumen, halten Blumen in den Händen und werfen sie mit Hurra auf die offene Kutsche, in der Arthur und Belle vorbeifahren.

Im Wagen wendet er sich zu seiner schönen Braut. »Diese Menschen wirken so glücklich. Warum nur? Sie kennen mich doch gar nicht.«

»Du machst sie froh«, antwortet Belle und ergreift seine dargebotene Hand. »Auch wenn sie es nicht wissen, spüren sie durch dich, dass das Leben sich nur in der Liebe beweisen kann. Und wahre Liebe bedeutet immerfort Verwandlung.«

Während die Hurrarufe sie umbranden, sehen Belle und der Königssohn einander an. Plötzlich ist der Schmerz wieder da, den sie durchlitten haben, doch nur für einen Moment. Gleich darauf erfasst sie erneut die Freude über diesen glücklichen Tag.

»Eigentlich kennen wir uns noch nicht besonders lange«, sagt Arthur. »Findest du nicht auch?«

»Du meinst, noch nicht lange, seit du wieder etwas zivilisierter aussiehst?« Belle schmunzelt.

Zärtlich berührt er ihre Wange. »Hätten wir uns nicht noch ein wenig besser kennenlernen sollen, bevor wir so einen entscheidenden Schritt wagen?«

»Was gibt es, was du von mir nicht weißt, Arthur?« Belles Gesicht wird ernst.

Ein zärtlicher Glanz tritt in seine Augen. »Ich kenne dich so genau, dass ich dich mit geschlossenen Augen zeichnen könnte. Und was weißt du von mir?«

Belle tut, als ob sie überlegen müsste. »Du bist jähzornig, du bist kein besonders guter Tänzer und dein Geschmack bei Inneneinrichtungen ist fragwürdig. Aber das werde ich dir alles austreiben.«

»Das sollst du sogar.« Er lächelt. »Kinord Castle soll genau nach deinen Wünschen renoviert werden.«

»Einverstanden. Aber eins sage ich dir gleich: kein indischer Kitsch mehr an den Wänden, keine Teppiche, keine Kissen und auch der Tabernakelschrank verschwindet.«

»So soll es sein.«

Plötzlich hebt Belle den Kopf. »Schau nur, dort ist Papa.«

Der Wagen ist um eine Kurve gefahren und nähert sich der Kathedrale von Aberdeen.

Belle winkt und will hinausspringen. »Papa!«

Arthur hält sie zurück. »So ein Rumgezappel schickt sich nicht für eine Braut.«

»Ach was. Mein armer Daddy hat sich so viele Sorgen um mich gemacht. Jetzt will ich ihn umarmen.«

Kaum dass der Wagen hält, springt Belle aus der Kutsche und fällt ihrem Vater um den Hals. Die Menge applaudiert dem Mädchen aus ihrer Mitte zu. Auch Arthur steigt aus und schüttelt dem alten Doktor die Hand.

»Königliche Hoheit.« McBean verbeugt sich ehrfurchtsvoll vor dem Duke.

Belle gibt ihrem Daddy einen Schubs. »Du hast versprochen, dass du das für dich behältst.«

»Sicher, natürlich. Guten Morgen, lieber Schwiegersohn«, sagt Belles Vater schüchtern.

»Guten Morgen, Vater.«

»Wollen wir hineingehen?« Belle hakt den Doc unter.

»Wartet einen Moment.« Unter den vielen Menschen blickt Arthur sich um. »Ich will nur sehen …«

»Wen suchst du? Die Hochzeitsgäste sind schon alle drinnen.«

»Nicht alle. Eine wichtige Person wird nicht in die Kirche kommen.«

»Du meinst …?« Belle tritt zu ihrem Liebsten.

»Meine Mutter kann leider nicht dabei sein. Nicht, ohne dass wir mein Geheimnis preisgeben würden.«

»Deine eigene Mutter kommt nicht zur Hochzeit.« Belle nickt traurig. Als sie sich umdreht, bemerkt sie im Hintergrund einen Wagen. Es ist nur eine schlichte Kutsche. Sie steht etwas außerhalb der Menschentraube, die das Brautpaar umringt. Darin erkennt man eine alte Frau. Sie trägt ein blaues Kleid und einen Schleier vor dem Gesicht.

Belles Augen strahlen. »Ich glaube, sie ist doch gekommen.«

Arthur folgt ihrem Blick. »Ja, das ist sie«, sagt er glücklich. Er und Belle heben vorsichtig die Hand, verstohlen winken sie der alten Frau zu, die im Wagen sitzt.

Die Königin von England erwidert ihren Gruß. Wie glücklich ist sie, dass sie diesen Tag erleben darf. Dass aus der

Bestie ein Bräutigam wurde und aus einer blutenden Blume eine wunderschöne Braut. All das verdankt Victoria einzig und allein dem Mädchen, das dort mit Arthur die Treppe zur Kathedrale hochschreitet.

* * * * * * *

Leseprobe

Conny Amreich

Weil es nicht sein darf

dtv junior

ISBN: 978-3-423-74005-0

1

Ein fliehendes Pferd

Vorn Galopp und hinten Trab! Das Pferd geht ja im Dreischlag. Oskar Heller sitzt am Gartenzaun und denkt nicht daran, der Reiterin auf die Sprünge zu helfen. Ein elegantes Mädchen im dunkelblauen Reitkostüm. Den Zylinder trägt sie keck auf dem Kopf, dem Pferd lässt sie die ärgsten Fehler durchgehen.

Oskar kaut an einem Gras. Die Stirn ans schmiedeeiserne Gitter gelehnt, beobachtet er das Fräulein im Park. Ob sie eine aus dem Herrenhaus ist, eine hochgeborene von und zu Grayn, oder nur eine noble Verwandte, der man mit dem störrischen Tier zu viel zugemutet hat? Sie treibt ihr Pferd nicht vom Kreuz her, denkt er, stattdessen benutzt sie die Gerte zu oft.

Himmel noch einmal, es steigt! Das Pferd geht durch. Abgeworfen wird sie nicht, doch sie verliert die Zügel und krallt sich an der Mähne fest. Der Rappe prescht weiter, vor der Eiche schlägt er einen Haken und galoppiert in die Rosenbeete. Oskar springt auf. Wenn die Reiterin bei diesem Tempo abstürzt, bleibt es nicht bei ein paar blauen Flecken.

Das Flügeltor zum Palais steht offen. Keiner von der Dienerschaft ist in Sicht, kein Stallbursche, niemand. Friedlich liegt der Park in der Aprilsonne, durch den der aufgescheuchte Rappe jagt. Oskar versetzt sich in die Lage des Pferdes. Vor der Mauer wird es scheuen. Die Brombeerdornen meidet es bestimmt, wird also nach rechts ausscheren. Wenn es längs des Schlosses langkommt, kreuzt die Kastanie seinen Weg. Dort müsste das wild gewordene Tier zu fassen sein. Er legt den Gehrock ab und öffnet die Krawatte.

Währenddessen hat die Reiterin schwere Sekunden. Sie rutscht zur Seite und droht zu fallen. Oskar rennt los, überspringt die Buchsbaumhecke und läuft über den Rasen. Vor dem Pferd erreicht er den Kastanienbaum. Dort kommt sie angeritten, kraftlos am Hals des Pferdes hängend. Mit beherztem Schritt tritt Oskar aus dem Schatten und breitet die Arme aus. Der Rappe muss ihn für etwas Großes halten, etwas Unüberwindliches. Das Pferd wechselt in den Trab und stoppt so unvermittelt, dass die Reiterin dem Schwung nicht standhält. Sie wird vom Sattel gerissen, auf den jungen Mann zu, der wie aus dem Boden gewachsen da steht. Das Fräulein stürzt auf Oskar. Zusammen gehen sie zu Boden.

Stoff und Rüschen überall. Da sind Beine, Stiefeletten, Strümpfe und Strumpfbänder. Oskar weiß nicht, steckt er selbst in dem Kleid drin oder sie? Zwischen all dem Gerüsche guckt er hervor und erkennt, das Pferd ist immer noch gefährlich nah. Mit einem Stoß schiebt er die junge Frau beiseite, springt auf und erschreckt den Rappen mit einem lauten »Ho!«. Das Pferd erstarrt, als wäre es von einem Zauberwort gebannt. Oskar packt den Zügel, reißt an der Kandare, dass der Schmerz dem Vieh in die Kiefer fährt.

Es schnaubt aus geblähten Nüstern. Der Rappe erkennt seinen Meister, er bockt nicht mehr, er ist erschöpft. Oskar zieht den Zügel ab, führt das Pferd abseits und schlingt das Leder um einen Ast. »Ruh dich aus, mein Schwarzer.« Er tätschelt seine Flanke.

Als Oskar zu der Reiterin zurückkehrt, spürt er etwas Feuchtes. Aus seiner Nase rinnt es auf die Lippe. Sie hat ihm mit dem Stiefel ins Gesicht getreten.

»Wenn Ihnen etwas wehtut, stehen Sie nicht auf«, sagt er zur Begrüßung.

»Mir tut nichts ... aaah!« Sie fällt ins Gras zurück.

»Passen Sie auf. Wenn es die Wirbelsäule ist, müssen Sie liegen bleiben.«

»Was sind Sie – ein Doktor?« Ihr Hut war festgesteckt, jetzt hängt er mit der letzten Hutnadel im Haar. Das sieht so zum Erbarmen aus, dass Oskar lachen muss. Er lacht, während ihm das Blut aus der Nase läuft.

»Was ist daran so lustig?« Das ist kein Mann, erkennt sie, das ist bestenfalls ein Bursche. Ein billig gekleideter Kerl mit wildem Haar und einem Riss im Hemd. Ein Unbekannter, der ihr in den Weg sprang und nun lachend auf sie herabschaut. Dass einer über Alexandra lacht, erträgt sie kaum. Dass einer lacht, nachdem er sie vom Pferd stürzen sah, ist für sie undenkbar.

»Schluss!« Sie setzt sich auf. Als er ihr zu Hilfe eilen will, wehrt sie ab. »Wer sind Sie? Wie kommen Sie hier herein?«

»Mein Name ist Oskar Heller.« Er leckt Blut von der Oberlippe. »Und wie heißen Sie?«

»Das geht Sie gar nichts an.« Vorsichtig betastet sie ihren Rücken.

»Sie sollten das …« Er zeigt auf ihr eng geschnürtes Kostüm. »Das Mieder aufmachen. Damit Sie besser schnaufen können.« Er bückt sich.

»Unterstehen Sie sich!« Sie starrt ihn an.

»Ein paar Mal kräftig durchatmen und Sie sitzen ruckzuck wieder im Sattel.«

So viel Frechheit macht Alexandra sprachlos. Sprachlos ist sie so gut wie nie. Der Kerl beugt sich tiefer. Gleich wird er ihr an die Wäsche fassen. »Ich hau zu!« Sie hebt die Reitpeitsche.

Sie ist erhitzt, begreift Oskar, und durcheinander. Und doch – er kann nicht sagen, wie das kommt –, sie ist ein Stern. Kein Stern natürlich, eher ein Leuchten. Das hat er noch nie bei irgendjemandem gesehen, dass ein Gesicht so leuchtet. Sind es die Augen? Augen leuchten nicht, weiß Oskar, nur der Betrachter legt ein Strahlen in sie hinein. Das Fräulein schaut finster und hält grollend die dumme Gerte erhoben. Und trotzdem leuchtet sie. Ist es das Grün der Augen? Ein wenig Grau ist auch darin. Sind das Sommersprossen auf ihrer Nase? Schwer zu erkennen, weil sie eine gesunde Hautfarbe hat. Um diese Jahreszeit schon so braun? Das ist ungewöhnlich. Hochherrschaftliche Fräuleins sind blass und bilden sich sogar noch was drauf ein.

»Wird's bald?« Ihre Hand zittert.

»Immer mit der Ruhe.« Ungeniert setzt sich Oskar neben sie ins Gras. Er nickt zu dem Pferd hinüber, das die wilde Jagd scheinbar vergessen hat und friedlich grast. »Sie geben ihm zu oft die Peitsche.«

»Ich weiß am besten, wie man Hippolyt behandelt.« Sie schaut ihn an, als ob sie ihn gleich fressen möchte.

»*Hippolyt?*« Oskar grinst. »Bei so einem Namen würde ich auch durchgehen.«

Keine Sekunde länger will Alexandra mit dem dahergelaufenen Fremden im Gras sitzen. Trotz des Schmerzes, der ihr durch die Rippen jagt, steht sie auf und reißt den Hut vom Kopf. Wild fallen ihr die Locken ins Gesicht. »Wenn Sie so ein Pferdekenner sind, warum bewerben Sie sich nicht als Stallbursche bei uns?«, sagt sie voll Hochmut und macht ihm damit seine angeborene Stellung im Leben klar. »Die Stelle wäre vakant.«

Oskar betrachtet ihr Haar. So etwas Goldenes hat er noch nie gesehen. Ist es der Lichtertanz, den die Sonne darin aufführt?

»Eine Stellung brauche ich nicht«, antwortet er. »Ich bin mein eigener Unternehmer. Zusammen mit meinem Vater. Wenn Sie einmal eine schnelle Kutsche haben wollen, wir stehen zu Diensten.« Er reißt einen Grashalm ab, steckt ihn zwischen die Zähne und springt auf. »Gehören Sie dort hinein?« Mit dem Kopf deutet er zum Schloss.

Das freundliche Gelb der Mauern, die dunkelgrünen Fensterläden – das alles wirkt im Frühlingslicht noch freundlicher. Aus dem Palais kommt eine Frau im hellgrünen Kleid auf Oskar zu. Sie erkennt ihn und läuft schneller.

Bevor Alexandra Oskar eine Antwort geben kann, lässt er sie einfach stehen. Für diese Frau lässt er jede andere stehen. Dort kommt Oskars Mutter, die wunderschöne Marie. Heute ist Donnerstag und donnerstags hat Marie ihren freien Nachmittag. Seit Oskar denken kann, verbringt sie ihren freien Nachmittag mit ihm. Als er noch klein war, kam er an der Hand des Vaters zu ihr ans Schlosstor. Manchmal fuhren sie auch mit dem Einspänner vor. Später durfte Oskar selbst die Zügel halten. Ob bei Regen, Schnee oder Sonnenschein, Donnerstag ist der Tag, an dem er seine Mutter abholt. Manchmal sind ihm schon Leute aus dem Schloss begegnet, einmal der Graf persönlich. Das Fräulein aber, die mit dem leuchtenden Gesicht, hat Oskar noch nie gesehen.

Er umarmt die Mutter und bietet ihr seinen Arm. Sie hängt sich bei ihm ein.

»Wie bist du denn angezogen?«, fragt Marie.

Jetzt erst merkt er, dass er in Hemdsärmeln ist. Die Hose sieht mitgenommen aus. »Ich hatte alle Hände voll zu tun.« Er lacht und will zum Tor, wo seine Jacke hängt.

Die Mutter bleibt stehen. Scheu und ehrfürchtig wird sie in der Nähe des Fräuleins, das mit leichtem Hinken zu seinem Pferd läuft.

»Was ist geschehen?«, flüstert Marie.

So leise sie auch spricht, Alexandra hört es. Sie wendet den Blick zu Oskar.

»Nichts ist geschehen.« Er zwinkert dem Fräulein zu. »Gar nichts. Geplaudert haben wir.«

Während er weiterläuft, neigt die Mutter vor der jungen Dame den Kopf.

2

Zwei Familien

»Wenn Sie so ein Pferdekenner sind, warum bewerben Sie sich nicht als Stallbursche bei uns!« Lachend macht Oskar das hochherrschaftliche Fräulein nach.

Der Vater gießt Marie vom Wein ein. »Und was hast du gesagt?«

»Dass ich keine Stelle brauche.«

»So hättest du nicht mit ihr sprechen dürfen.« Maries Wangen sind gerötet.

»Genauso muss man mit diesen Leuten reden!«, ruft der Vater.

»Schscht, Ferdinand.« Marie ist sein Auftritt peinlich.

»Das Kuschen und das Buckeln vor den Adeligen wird bald aufhören«, erwidert er. »Denk an meine Worte.«

»Ich denke gern an deine Worte«, lächelt sie. »Wenn du sie nur nicht so laut hinausposaunen würdest.«

Sie sitzen, wo man sitzt, wenn die Luft so herrlich und die Natur berückend ist. Sie sitzen in den Weinbergen. Im Zweispänner sind sie aus der Stadt hinausgefahren, leicht warfen die Rösser die Hufe, Oskar ließ sie am langen Zügel laufen.

Vor der Weinstube hat er ihnen den Hafersack umgehängt. Die Pferde lassen es sich schmecken, so wie Oskar, Marie und Ferdinand.

»Was gibt es Neues im Fuhrunternehmen Heller?« Marie bestreicht ein Brot mit Schmalz.

»Es blüht und gedeiht«, antwortet Ferdinand. »Ich könnte noch zwei Kutschen brauchen und vier Pferde, so viel Arbeit haben wir. Aber wer soll die Fuhren machen? Oskar und ich kutschieren schon Tag und Nacht.« Er beißt vom Brot ab.

»Du lässt ihn auch nachts fahren?«, fragt Marie besorgt.

»Nachts ist es in der Stadt am schönsten, Mama. Wenn die Damen die leichten Roben tragen, mit ihren Schleppen und den glitzernden Besätzen. Manche haben sogar Schmuck im Haar. Die Herren mit den Ordensschärpen, im Frackmantel, im Frühlingsanzug. Endlich ist die kalte Jahreszeit vorbei, jetzt ist wieder Leben in der Stadt! Da könnte ich die ganze Nacht unterwegs sein. Ich fahre sie zu den Frühlingsbällen und auf die Redouten und manchmal in die Weingärten.«

Zärtlich legt Ferdinand die Hand an Maries Wange. »Es ist ein gutes Leben. Ich pass schon auf, dass es nicht zu viel für ihn wird.«

»Zu viel? Zu wenig«, ruft Oskar übermütig. Seit er sechzehn ist, lässt ihn der Vater manchmal Wein trinken. Ein Gläschen schadet nichts, aber lustig macht es ihn.

»Ich hoffe, Comtesse Alexandra nimmt dir dein ungestümes Verhalten nicht übel«, sagt Marie nach einer Pause.

Ferdinand ergreift für seinen Sohn Partei. »Übel nehmen? Mit blutigem Kopf läge die Demoiselle jetzt in ihrem Bett, hätte Oskar nicht eingegriffen.« Er stößt mit seinem Sohn an.

Die Musiker beginnen zu spielen, Geige, Gitarre und Akkordeon. Müde und beschwipst lehnt sich Marie an Ferdinands Schulter.

»So soll es ewig bleiben«, seufzt sie.

»Warum auch nicht?« Oskars Vater legt den Arm um sie.

* * *

»Ich werde das nicht sagen!« Alexandra ist wütend auf ihren Bruder. Vor der Bücherwand läuft sie auf und ab.

Nikki räkelt sich auf der Ottomane. »Warum willst du nicht sagen, dass ich die ganze Zeit bei dir war?« Nikolaus Franz Karl Ottokar von Grayn ist seit einem Jahr Fähnrich der k.u.k. Marine, stationiert an der Adria. Er knöpft die Uniformjacke auf. »Was ist dir lieber, dass der Papà einen Anfall kriegt? Dann trifft sein Zorn uns beide. Oder dass er friedlich bleibt, weil er glaubt, ich war gestern mit dir in der Oper?«

»Ich *war* auch in der Oper.« Alexandra bleibt stehen. »Ich habe mich nicht herumgetrieben mit einer …«

»Gib acht, was du sagst.« Nikolaus streicht das schwarze Haar zurück. Blass ist er, kein Wunder bei seiner Lebensführung. Seit er Heimurlaub hat, steht er nie vor Mittag auf und verlässt das Palais erst, nachdem es dunkel ist. »Du warst übrigens auch nicht lange in der Oper«, fährt er schmunzelnd fort.

»Woher weißt du das?«

»Nach dem ersten Akt hast du dir dein Cape bringen lassen. Man hat dich fortgehen sehen. Wohin bist du so eilig aufgebrochen?«

»Ich war spazieren. Die Luft war schön und die Oper zum Sterben langweilig.«

»Ob der Papà das glaubt?«

»Nikki!«

»Schon gut. Was haben sie gespielt?«

»Wo?«

»In der Oper.«

»*Tannhäuser.*«

Er zeigt auf ihren Unterarm. »Und was ist das? Ein blauer Fleck?« Nikki grinst auf diese besondere Art, dass Alexandra weiß, jetzt kommt gleich eine Gemeinheit. »Man sagt, du bist vom Pferd gefallen.«

Sie zieht den Ärmel über die Stelle. »Ich hätte Hippolyt bestimmt wieder in den Griff gekriegt, wäre mir nicht so ein blöder Kerl in den Weg gesprungen.«

Sein Grinsen geht in die Breite. »Man erzählt sich, der *blöde Kerl* hätte dich gerettet.«

»Hat die Dienerschaft wieder getratscht?« Sie spürt, dass sie rot wird, und wirft sich in einen Sessel. »Hippolyt ist unberechenbar zurzeit. Es liegt am Frühling.«

Ihr Bruder lacht hinterhältig. »Wir machen es so: Du behältst für dich, dass ich die Oper geschwänzt habe, und ich erzähle keinem, dass du abgeworfen wurdest.«

Wütend starrt ihn Alexandra an. Zeit, etwas zu erwidern bleibt ihr nicht, denn die Tür geht auf. Der Kammerdiener lässt den Grafen eintreten und zieht sich zurück. Nikolaus schließt den Uniformrock und springt vom Sofa auf.

Graf Michael bleibt auf dem Mittelornament des Teppichs stehen. Er trägt einen schwarzen Gehrock, eine schwarze Weste und schwarze Krawatte. Mit Farben steht der Graf auf dem Kriegsfuß, es heißt, er sei farbenblind.

»Was war gestern auf der Seilerstätte los?« Seine Stimme ist wie ein Wind, der einen Trompetenton heranträgt, leicht und scharf zugleich.

»Was meinst du, Papà?«, fragt Nikolaus. »Ich war in der Oper.«

Der Mann mit dem stahlgrauen Haar streckt das Kreuz. »Lüg mich nicht an. Du hast die Tochter des Bäckers getroffen.«

Als sein Sohn sich zu Alexandra wendet, hebt der Graf die Hand. »Keine Komplizenschaft mit deiner Schwester.«

Nikki lässt den Kopf sinken. »Die Oper war sterbenslangweilig. Nach dem ersten Akt bin ich gegangen. Zufällig kam ich in die Seilerstätte. Da habe ich dieses Mädchen getroffen, wirklich rein zufällig.«

Den Grafen scheint das Geständnis zu besänftigen. »Ich verstehe, dass du dich auf deinem Heimurlaub amüsieren willst, Nikolaus. Aber als Erstgeborener musst du wissen, was dein Stand von dir verlangt, vor allem, wen du an deine Seite lässt. Eine Bäckerstochter darf es unter keinen Umständen sein.«

»Ihr Vater ist immerhin k. u. k. Hofbäcker«, erwidert Nikki ohne rechten Schwung. »Woher weißt du das überhaupt?«

Statt einer Antwort beginnt Michael unter dem Wappengewölbe auf- und abzugehen. »In einigen Wochen ist der Ball bei Bélasczyis. Wer wird dich dorthin begleiten?«

»Das habe ich mir noch nicht überlegt.«

»Das dachte ich mir. Darum habe ich in deinem Namen die Baronesse von Türgknitz eingeladen. Zu diesem Anlass ... er wendet sich zu Alexandra, »... wirst du, mein Kind, Baron August von Türgknitz vorgestellt werden.«

»August?«, fragt sie. »Ist das nicht dieser Riese?«

»Er ist athletisch gebaut, das stimmt.« Der Vater setzt seinen Gang fort, über ihm die Wappen seiner Ahnen, zu seinen Füßen das Teppichgemälde der Seeschlacht von Lissa.

»Gehst du wieder einmal deiner Lieblingsbeschäftigung nach – Dynastien gründen?«, schießt Alexandra scharf zurück.

Hinter dem Rücken des Vaters rät Nikki mit einer Geste zur Zurückhaltung.

Der Graf wendet sich um. »Mein liebes Kind, es erfordert viel Diplomatie, die Würde und den Glanz der Aristokratie in diese neue Zeit hinüberzuretten. Von meinen Kindern fordere ich in diesem Punkt Unterstützung, Loyalität und Opferbereitschaft.«

»Und für den ›Glanz der Aristokratie‹ soll ich einen Koloss heiraten?«, entgegnet Alexandra.

»Zunächst sollst du nur mit ihm tanzen«, antwortet der Vater sanfter.

Nikki greift beruhigend ins Gespräch ein. »Die junge Türgknitz ist recht nett. Nicht gerade berühmt für ihren Witz, aber zum Reden sind die Frauen ja auch nicht da.«

»Wenn man dir zuhört, wird einem übel«, fährt Alexandra ihren Bruder an.

»Nicht jede ist so blitzgescheit wie du.«

»Schluss.« Die erhobene Hand des Vaters. Ein Blick zur Pendeluhr. »Es ist Zeit, sich umzukleiden.« An der Tür dreht er sich noch einmal um. »Die Sache mit der Bäckerstochter ist ein für alle Mal beendet, Nikolaus. Haben wir uns in diesem Punkt verstanden?«

Der Sohn setzt sein aufrichtiges Gesicht auf. »Selbstverständlich, Papà.«

Der Graf verlässt die Bibliothek.

Alexandra läuft zum Fenster und öffnet es. »Lügner. Ich wette, dass du die Kleine wiedersiehst.«

»Die Wette gewinnst du.« Nikki folgt ihr. »Ich frage mich, wie Papà rausgekriegt hat, dass ich mit ihr soupieren war.«

»Die Wühlmaus.«

»Was?«

»Ich bin sicher, er hat die Wühlmaus hinter dir hergeschickt.«

»Den Kerl von der Geheimpolizei?«, fragt der Bruder verblüfft. »Der mit der Glatze und dem Bauch?«

»Trotzdem ist er flink und brutal. Ich habe Angst vor diesem Mann.«

Bruder und Schwester lümmeln am Fensterbrett und schauen auf den Park von Schloss Grayn. Die Bienen summen um den Pfirsichbaum. Sachte biegt der Wind die langen Gräser. Weiter hinten, durch ein Gatter getrennt, grast Hippolyt friedlich in der Abendsonne.